칠성제화점

어른을 위한 동화
이경희 지음

차례

편지 9

장 구경 가는 길 15

짜장면 27

큰외삼촌 35

칠성제화점 45

사라진 엄마 55

아버지의 동굴 67

홀아비 선생님 79

할머니의 죽음 85

기적 소리 95

구두닦이 103

제화공이 된 순동이 125

가슴속의 보름달 139

국제제화 기능대회 153

칠성제화점의 비밀 165

작가의 말 190

일러두기

*이 이야기는 1960년대 초, 산업화가 막 시작하던 때를 배경으로 하고 있습니다.
*맞춤 구두 한 켤레에 꿈과 소망을 담던 시절의 이야기입니다.

편지

서울제화는 오래 신어도 유행을 타지 않는 신발을 만들었다. 가격도 비싸지 않을뿐더러 발이 편해 그 구두를 신으면 어디든 갈 수 있고, 건강해지는 느낌이었다.

서울제화 사무실 유리 진열장에는 수백 켤레의 구두가 진열되어 있었고, 직원들은 매일 같이 밀려드는 주문으로 정신없이 바빴다.

한 여직원이 찻잔과 우편물을 들고 김 회장 방으로 들어갔다.

"회장님, 차 드세요."

여직원은 책상 위에 찻잔과 우편물을 내려놓고 다시 방을 나갔다.

김 회장은 여직원이 가져다준 차를 마시며 우편물을 뒤적거렸다. 우편물은 대개 회사와 관련된 것들이었다. 우편물을 확인하던 김 회장은 한 봉투에 적힌 발신인의 이름을 보고는 깜짝 놀랐다.

'박순자 오빠 박명진.'

'박명진'이라고만 적혀 있다면 눈길도 주지 않았을 것이다. 하지만 '박순자'라는 이름을 보는 순간, 김 회장은 숨이 턱 막혔다. 박순자는 어린 시절 자신을 남겨두고 떠나버린 엄마였다. 그렇다면, 이 편지는 외삼촌에게서 온 것이 분명했다.

김 회장은 떨리는 손으로 봉투를 열었다.

순동아 보아라!

나를 기억할지 모르겠구나……. 네가 초등학교 입학하기 전에 엄마와 함께 내 옷 가게에 들른 것이 마지막이니까, 오십 년이 훌쩍 지났구나. 그때 옷 가게에서 봤던 외삼촌이다.

네 엄마 죽은 뒤 나라도 너를 거뒀어야 했는데, 먹고 사는 게 뭔지 사정이 여의찮아서 너를 모르는 체하며 살았구나. 미안하다 순동아…….

네 엄마는 당시 몹쓸 폐병에 걸려 너하고 함께 살 수가 없었단다. 네 할머니도 삼대독자인 너를 잃을까 두려워 네 엄마를 붙잡을 수 없었다.

네 엄마는 외갓집인 대구로 왔다가 채 한 달도 안 되어 세상을 떠났다. 죽을 때까지 순동이 네가 보고 싶어 피눈물을 흘리면서도 그 몹쓸 병이 옮을까봐 널 보러 가지 못했다.

 네 엄마가 죽고 난 뒤에 널 백방으로 찾아다녔지만, 찾을 수가 없었단다. 네가 그렇게 빨리 고향을 떠났을 줄 누가 알았겠느냐. 외삼촌이 조금만 일찍 널 찾으러 갔었더라면 좋았을 것을, 빚쟁이들에게 쫓기느라 경황이 없었다. 모두 외삼촌이 못나서 생긴 일이니, 용서하거라.

 수십 년이 지나서야 너를 신문에서 보고는 긴가민가했다. 순동이가 틀림없더구나. 훌륭하게 잘 커 줘서 정말 고맙다!

 외삼촌도 이제 살날이 얼마 남지 않았다. 네가 엄마에 대한 오해와 원망을 풀고 행복하게 살기를 바랄 뿐이다.

― 큰외삼촌

편지를 읽은 김 회장은 가슴을 움켜쥐었다. 얼굴도 기억나지 않는 외삼촌의 편지 속에는 일곱 살 때 헤어진 엄마가 있었다. 김 회장을 그리워하는 엄마가 눈앞에 있는 듯 생생했다.

김 회장은 편지를 끌어안고 깊은 생각에 잠겼다. 그토록 오랜 세월 동안 엄마를 원망하고 미워하며 살았는데, 엄마는 김 회장을 버린 것이 아니라 김 회장을 지키기 위해서 떠났고 끝내 죽은 것이었다. 김 회장은 두 눈을 꼭 감고 어린 시절의 아픈 기억을 떠올렸다.

그러니까, 김 회장이 초등학교 입학을 기다리던 일곱 살 무렵이었다.

장 구경 가는 길

순동이는 팔을 휘저으며 대문 밖으로 뛰어나왔다. 마당 가득 파란 하늘이 출렁거렸다. 노란 국화도 피어 있고 수수밭 한가운데에는 마냥 웃기만 하는 허수아비도 보였다. 촐싹거리는 고추잠자리는 쳐다만 봐도 설레었고, 열한 마리 병아리를 이끌고 배추밭으로 가는 암탉은 보기만 해도 웃음이 났다.

오늘은 엄마와 함께 장 구경을 가는 날이었다. 순동이는 엄마가 나오길 기다리며 마당가를 이리저리 뛰어다녔다. 설레는 마음에 새벽부터 일어나 엄마의 고무신을 하얗게 닦아 토방 위에 올려놓기도 했다.

이윽고 할머니께 인사를 건넨 엄마가 마당으로 나왔다.

"순동아, 그만 가자."

엄마 목소리가 가을 하늘 가득 울려 퍼졌다.

한 무더기 국화꽃은 청량한 가을바람을 타며 기분 좋은 향기를 퍼뜨렸다. 순동이는 처음 가볼 읍내 장터 생각에 자꾸 헛웃음이 나왔다. 내년이면 읍에 있는 초등학교에 입학해 매일 장터 구경을 할 텐데 그때까지는 너무 오래 기다려야 했다. 순동이는 일곱 살이 되도록 한 번도 집에서 멀어져 본 적이 없었다.

"엄마, 읍에는 사람들이 얼마나 많아요?"

순동이가 사는 삼송리는 열 가구 정도의 작은 마을이라 모두 합해 봐야 서른에서 마흔 명밖에 되지 않았다. 미숙이 할머니 초상이 났을 때, 순동이는 엄마를 따라가 마을 사람들의 숫자를 세어 본 적이 있었다. 아파서 누워 있는 노인들 서너 명만 빼고 애들까지 죄다 모였으니, 미숙이도 그 숫자가 얼추 맞을 것이라고 했다.

엄마는 순동이가 닦아준 뽀얀 고무신을 내려다보며 말했다.

"장에 가면 백 명 아니 천 명도 넘는 사람들이 있단다. 엄마 손을 꼭 잡고 다녀야 해, 우리 순동이 잊어버리면 큰일이니까."

엄마가 순동이 손을 꼭 잡으며 말했다.

순동이는 벌써 긴장이 되었다. 백 명이 넘는 사람들을 구경하는 것은 재밌지만, 엄마 손을 놓칠지도 모른다고 생각하니 겁이 덜컥 났다.

"엄마 손은 절대로 놓치지 않을 테니까 걱정하지 마세요."

순동이는 엄마 손을 꼭 잡고 읍을 향해 걸었다.

집에서 읍까지는 1시간 정도 걸렸다. 산도 넘어야 하고 시냇물도 건너야 하는 긴 여정이었다.

순동이는 조금도 지루하게 느껴지지 않았다. 엄마와 나란히 장 구경을 간다는 사실만으로도 가슴이 벅찼다. 구멍 난 신발 속으로 들어온 돌멩이가 발가락을 찔러도 꾹 참았다. 장에 가면 엄마가 맛있는 음식도 사줄 것이고, 어쩌면 새 고무신을 사줄지 몰랐다.

마을로 통하는 첫 번째 고갯마루에 이르자 엄마가 걸음을 멈추고 말했다.

"순동아, 힘들지, 엄마 등에 업히거라."

순동이가 아프다고 다리를 절룩거린 것도 아닌데, 엄마가 순동이 앞에 등을 내려놓았다.

"괜찮아요. 잘 걸을 수 있어요."

말은 그렇게 했지만, 고개를 넘어가자니 숨도 가쁘고 발바닥이 아팠다.

순동이는 애써 씩씩한 척했다. 읍까지 가려면 아직도 멀었는데 벌써 다리가 아프다고 하면, 엄마의 마음이 달라질지도 몰랐다. 그냥 집으로 돌아가자고 할지도 모르고 아니면 엄마가 읍내까지 업고 가려 할지도 몰랐다.

둘 다 좋은 생각이 아니었다. 장 구경을 포기하는 것도 싫었고 엄마의 등에 업혀 읍까지 가는 것은 더 싫었다.

엄마가 등을 돌리고 있는 사이 순동이는 얼른 고무신을 벗어 돌멩이를 털어냈다. 돌멩이는 억새밭으로 나가떨어졌다. 놀란 여치와 메뚜기들이 튀어 올랐다. 순동이는 자신도 모르게 손을 뻗어 튀어 오르는 메뚜기들을 낚아챘다. 이 정도는 순동이한테 식은 죽 먹기였다.

가을 들판에 널려 있는 곤충들은 아직 학교에 가지 않아 친구가 없는 순동이에게 큰 재미를 주었다. 순동이는 매일 메뚜기와 잠자리를 잡아 암탉에게 주었다. 수십 마리의 병아리를 키우는 암탉에게 곤충들은 더없이 좋은 영양제였다.

순동이한테 잡힌 메뚜기 한 마리가 손바닥에서 꼼지락거렸다. 순동이는 순간 마음에 갈등이 생겼다. 종일 예쁜 병아리들을 돌보느라 핼쑥해진 암탉이 눈앞에서 어른거렸다. 하지만 지금은 메뚜기를 잡아 집으로 돌아갈 수가 없었다. 엄마와 함께 빨리 장 구경을 가야 했다.

  순동이는 손바닥 안에서 꼼지락거리는 메뚜기를 다시 풀숲에 놓아 주었다. 풀숲에서 기분 좋은 바람이 엄마와 순동이를 향해 불었다. 그 싱그러운 바람결에 얼른 등에 업히라고 재촉하는 엄마의 목소리가 실려 왔다.

  "순동아, 업히래두."

  "그냥 걸어갈래요."

  순동이는 엄마를 앞질러 뛰어가기 시작했다. 한시라도 빨리 고개를 넘어가고 싶었고, 엄마를 힘들게 하고 싶지 않았다. 몸이 약한 엄마가 자신을 업고 숨이 차서 헐떡거리게 하고 싶지 않았다.

  엄마도 순동이의 그런 마음을 읽은 듯 푸시시 일어나 앞장서 뛰어가는 순동이를 기특하게 바라보았다.

햇빛은 밝고 따사로웠다. 소나무 숲에서 떠드는 까치 소리도 정겨웠고 상수리나무 숲을 휘젓고 다니는 청설모와 다람쥐들의 부산스러운 소리도 평화롭게만 느껴졌다. 고개 넘어 무덤가의 샛노란 국화들도 가을볕을 쬐며 수다를 떨었다.

"넘어질라 천천히 가거라."

고갯마루에 올라선 엄마가 순동이를 불렀다.

"괜찮아요, 달리기라면 자신 있어요."

순동이는 엄마를 향해 보란 듯이 소리치고는 달리고 또 달려서 냇가에까지 이르렀다.

내를 건너 조금만 더 가면 읍이었다. 하지만 순동이 혼자서는 시냇물을 건너갈 수 없었다. 보기는 얕고 잔잔해 보이는 냇물이지만 가운데는 소용돌이도 심하고 물살이 깊어서 위험했다.

작년 장마철에도 순동이 친구 금순이 아버지가 꼴을 지고 내를 건너다가 깊은 물살에 빠져 큰일을 당할 뻔했다.

지금은 장마가 끝난 지 오래였고, 가을 가뭄이 길어져 냇물의 유속이 빠르지 않았다.

먼저 도착한 순동이는 엄마가 오길 기다리며 조약돌을 건져 올렸다. 물길에 닳아 매끈매끈해진 조약돌은 공기놀이에 제격이었다. 순동이는 작고 동그란 조약돌 다섯 개를 건져 바지 주머니 속에 넣었다.

순동이 곁으로 다가온 엄마는 어느새 시냇물 건널 준비를 하고 있었다. 엄마는 허리끈을 풀어 무릎 위까지 끌어 올린 치마를 단단히 동여맸다. 양말과 고무신은 벗어 허리끈 사이에 찔러 넣었다.

"이젠 됐다, 얼른 업히거라."

더는 엄마의 등을 거절할 수 없었다. 키가 조금만 더 컸더라면 엄마의 등을 빌리지 않고도 시냇물을 건널 수 있을 텐데, 순동이의 키는 아직 엄마의 허리에도 닿지 않았다.

순동이는 신발을 벗어 양쪽 손에 들고, 엄마의 등에 업혔다. 엄마의 등은 포근하지만 너무 말라서 순동이 팔이 감싸고도 남았다. 순동이는 엄마의 등에 가만히 얼굴을 묻었다. 엄마가 끙 소리 내며 일어섰다.

"자, 간다. 떨어지지 않도록 엄마 목을 꼭 끌어안아라."

엄마는 차가운 시냇물을 한 발 한 발 건너가기 시작했다.

순동이는 엄마의 등에 납작 엎드려 현기증이 나도록 눈부신 시냇물을 내려다보았다. 엄마의 등이 움직일 때마다 가슴이 두근거렸다. 고무신 쥔 손에 힘이 들어갔다. 엄마의 정강이를 적신 시냇물은 차츰 종아리를 적시고 무릎을 적시더니, 이윽고 치켜 올린 치맛자락까지 적시었다.

순동이는 몸이 오그라드는 것만 같았다. 허리끈에 매달려 있는 엄마의 고무신이 어느 순간 시냇물 속으로 풍덩 떨어질 것만 같았다.

"걱정하지 말거라, 조금만 가면 된다."

엄마가 순동이를 업은 손에 힘을 주며 말했다.

순동이는 숨을 참으며 엄마가 무사히 시냇물을 건너기만을 바랐다. 자칫 움직이면 엄마가 중심을 잃고 넘어질까 봐 머리가 가려워도 꾹 참았다.

시냇물을 무사히 건넌 엄마가 건너편 신작로에 순동이를 내려놓았다.

이제 신작로를 따라 조금만 더 가면 읍의 장터가 나타날 것이었다. 순동이가 들고 있던 고무신을 신는 동안, 엄마도 젖은 치맛자락을 매만지고 허리춤에 끼고 있던 고무신을 빼 신었다.

저만치 먼저 시냇물을 건너간 사람들의 모습이 하나둘 보였다. 사람들을 보니 순동이는 마음이 더 급해져 천천히 걸을 수가 없었다. 엄마 손을 잡고 천천히 걷자니 답답하기만 했다. 이러다 해가 저물어 장 구경도 못 해보고 다시 집으로 돌아와야 하는 것은 아닌지 조바심이 났다.

"엄마! 빨리 좀 걸어요."

순동이가 뒤돌아보며 소리치자, 엄마가 치맛자락을 여미며 희미하게 웃었다.

"넘어질라, 천천히 걸어라."

순동이가 앞질러 걷는 동안 엄마는 여러 번 걸음을 멈추고 밭은기침을 했다.

재작년부터 시작된 엄마의 기침은 좀처럼 나아질 기미를 보이지 않았다. 엄마가 기침할 때마다 엄마의 바싹 마른 몸이 격렬하게 흔들렸다. 목구멍에선 연신 휘파람 소리가 들렸고 몸에서는 마른 낙엽을 태우는 냄새가 났다.

  하지만 엄마는 쓰러지지 않았다. 이내 또 기침을 멈추고는 창백한 얼굴에 하얀 미소를 띠며 앞서가는 순둥이를 부지런히 따라갔다.

짜장면

강냉이 장수 목소리가 울려 퍼지자마자, 아이 어른 할 것 없이 일순간 귀를 막고 숨을 죽였다.
"뻥-이요!"
말로만 듣던 강냉이 장수의 '뻥' 소리에 순동이는 그만 오줌을 지릴 뻔했다.

순동이는 이곳이 읍이고 장터라는 걸 금방 알아차렸다. 많은 사람이 북적거렸고 맛있는 냄새가 코를 찔렀다. 정신이 하나도 없었다. 무엇부터 구경해야 할지 어디로 가야 할지 몰랐다. 순동이는 엄마 손을 꼭 잡았다. 다른 곳에 눈이 팔리다 보면 사람들에게 밀려 엄마 손을 놓칠지도 몰랐다.

시장의 풍경들은 하나같이 별스럽고 신기했다. 처음 보는 것투성이라 어느 것부터 구경해야 할지 눈이 어지러울 지경이었다.

어느 가게 앞 커다란 찜통에선 찐빵을 찌느라 김이 모락모락 피어올랐고, 그 옆 가게에선 설렁탕이 구수한 냄새를 풍기며 설설 끓고 있었다. 양품점 유리창에는 별별 색깔의 옷들이 가득 걸려 있었고, 또 다른 골목 입구에는 고무 냄새를 풍기는 신발 가게가 눈을 사로잡았다. 멍석 위에 한가득 사과를 펼쳐 놓고 소리치는 장사치도 있었다.

그러나 엄마는 구경만 할 뿐 아무것도 사지 않았다. 설렁탕집도 그냥 지나쳤고 찐빵집도 그냥 지나쳤다. 목청이 터져라, 손님을 부르는 과일 장수도 못 본 척 지나치더니, 마침내 시장 골목 거의 끝에 이르러 걸음을 멈췄다.

순동이는 엄마가 야속했다. 엄마가 뭐든 다 사주는 꿈까지 꾸었는데, 맛이나 보라는 마른 멸치 몇 마리조차 받지 않고 그냥 지나친 엄마가 솔직히 미웠다.

순동이는 배가 고파 더는 걸을 수가 없었다. 순동이는 슬그머니 잡고 있던 엄마의 손을 놓아버렸다.

"서운하니? 짜장면부터 먹자."

"짜장면요?"

순동이는 처음 들어보는 말이었다.

"그래, 아주 맛있는 음식이란다."

순동이는 서운했던 마음이 금세 풀어졌다.

엄마는 대문에 붉은 등이 내걸린 어느 집으로 순동이를 데리고 들어갔다. 안으로 들어서자, 달콤하면서도 고소한 기름 냄새가 훅 풍겼다. 시장통에서 맡던 냄새보다 더 근사했다.

순동이는 얼굴이 환해졌다. 음식 냄새도 좋았지만 붉은 꽃무늬 벽지와 줄 맞춰 놓여 있는 테이블이 볼수록 신기했다. 순동이는 테이블 의자에 앉아 검은 국수를 먹는 사람들을 뚫어져라 바라보았다. 후루룩 소리가 날 때마다 검은 국수가 사람들 입속으로 쏙쏙 빨려 들어갔다.

잠시 후 주방에서 나온 뚱뚱한 여자가 엄마와 순동이를 훑어보았다. 여자의 거만한 표정에 엄마의 몸이 움츠러들었다. 순동이는 슬며시 엄마의 손을 잡았다.

"저기 가서 앉아요."

순동이는 주인 여자가 가리키는 손끝을 바라보았다. 주인 여자가 가리킨 곳은 다른 손님들과 떨어진 구석 자리였다.

"짜장면 한 그릇만 주세요."

자리에 앉은 엄마가 조심스럽게 말했다. 여자가 마땅치 않은 양 엄마에게 되물었다.

"한 그릇만?"

"저는 배탈이 나서 먹을 수가 없어요."

엄마가 배를 만지며 얼굴을 찡그리자, 여자가 주방을 향해 크게 소리쳤다.

"여기 짜장 하나!"

여자의 소리에 순동이는 깜짝 놀랐다. 엄마의 몸도 휘청거렸다. 순동이는 엄마가 무슨 잘못을 한 것은 아닌가 싶어 마음이 무거웠다. 옆자리 손님들도 공연히 두 사람을 흘깃거렸다.

엄마와 순동이는 짜장면이 나오길 기다리며 조용히 고개를 숙이고 있었다. 잠시 후 주인 여자가 짜장면을 들고 와 테이블 위에 탁 소리가 나도록 내려놓았다. 순동이와 엄마는 다시 한번 움찔 놀랐다.

"어서 먹어 봐."

엄마가 순동이 손에 젓가락을 쥐여 주었다. 순동이는 엄마가 시키는 대로 짜장면을 먹기 시작했다.

처음 먹어보는 음식이었다. 명절 때만 먹는 소고깃국보다 훨씬 맛이 좋았다. 잡채보다 맛있고 인절미보다 맛있어서 바로 앞에 엄마가 앉아 있다는 사실조차 잊어버렸다.

순동이는 무엇에 홀린 듯 눈 깜짝할 사이에 짜장면 한 그릇을 뚝딱 해치웠다.

"맛있지?"

엄마가 손등으로 순동이 입가를 닦아주며 물었다.

"응 엄마, 정말 맛있어!"

"엄마가 나중에 또 사줄게, 오늘은 그만 일어나자."

엄마가 순동이를 일으켜 세우며 말했다. 배는 불렀지만, 순동이는 짜장면집에서 나가기 싫었다. 종일 짜장면집에 있어도 싫증이 나지 않을 것 같았다.

"엄마, 다음 장날 꼭 다시 와야 해?"

"알았어, 다음 장날은 할머니도 모시고 와서 짜장면 먹자."

순동이는 그제야 자리에서 일어나 짜장면집을 나왔다. 다섯 밤만 자면 또 장날이었다.

순동이는 다음 장날 할머니와 함께 짜장면 먹을 생각을 하니 콧노래가 절로 나왔다. 짜장면을 처음 맛본 할머니 표정이 어떨지 생각만 해도 웃음이 나왔다. 다리가 아파 잘 걷지 못하는 할머니를 어떻게 장으로 데려올지도 고민되었다.

큰외삼촌

 엄마는 어느새 장터의 또 다른 골목으로 들어섰다. 미로처럼 구불구불한 골목이었다. 철물점과 씨앗 가게, 이불 가게, 건어물집이 보였다.

 순동이 손을 꼭 잡은 엄마는 국밥집 골목으로 들어가 울긋불긋한 아동복이 잔뜩 걸려 있는 옷 가게 앞에 멈춰 섰다. 옷더미 속에서 혼자 점심을 먹고 있던 남자가 엄마를 보고는 반갑게 달려 나왔다.

 "어떻게 여기까지 왔니! 몸은 괜찮은 거야?"

 옷 가게 남자는 화들짝 놀라며 엄마를 반겼다. 엄마 손을 잡아끌어다 의자에 앉히더니 이것저것 물어가며 요리조리 살폈다. 순동이는 엄마와 닮은 것 같기도, 아닌 것 같기도 한 옷 가게 남자가 아는 체하길 기다리며 걸려 있는 옷들을 구경했다.

가게 안은 알록달록한 옷들이 벽과 진열대에 가득했다. 바지와 스웨터, 내복, 점퍼 등 어느 것 하나 맘에 들지 않는 것이 없었다. 어떤 옷을 입어도 멋쟁이 소릴 들을 것만 같았다.

옷 가게 남자와 엄마가 얘기를 끝낸 듯 순동이를 불렀다.

"순동아, 큰외삼촌이야. 인사해."

외삼촌이라니, 순동이는 도무지 믿기지 않았다. 외삼촌이 둘 있다는 소리는 들었지만, 만난 것은 처음이었다. 순동이를 처음 본 큰외삼촌 역시 늦은 인사가 미안한 듯 순동이 머리만 쓰다듬었다.

"세상에! 이렇게 크도록 보지 못했으니……."

순동이는 큰외삼촌과의 첫 대면이 왠지 즐겁지 않았다. 큰외삼촌이 지나치게 엄마를 걱정하는 것도 맘에 들지 않았고, 장에 나오면 볼 수 있는 큰외삼촌을 왜 이제야 만나게 한 것인지 엄마 역시 이해할 수 없었다. 서울에 사는 것도 아니고 장날이면 얼마든지 만날 수 있는 가족을 엄마는 왜 그동안 못 본 척하고 살았던 것일까? 순동이는 머리를 쓰다듬는 큰외삼촌의 커다란 손바닥이 부담스러워 슬그머니 자리를 피했다.

"오빠, 우리 순동이 학교 갈 때 입힐 옷 좀 줘요."

"그래? 벌써 학교 갈 나이가 되었구나."

큰외삼촌은 순동이를 번쩍 들어 빙그르르 돌리더니, 어깨 위로 무동을 태웠다. 외삼촌이 무동을 태워주니 순동이는 높은 감나무에 오른 기분이었다. 새처럼 날 수도 있을 것 같고 사나운 개가 쫓아와도 끄떡없을 것 같았다. 금순이가 툭하면 아빠를 들먹이며 잘난 척했는지도 이해되었다.

순동이는 방금 전에 느꼈던 엄마와 외삼촌에 대한 서운함이 사라졌다. 이젠 순동이한테도 무동을 태워주고 꼭 안아줄 외삼촌이 있으니 기죽지 않아도 될 것 같았다.

 엄마는 천천히 벽에 걸린 옷들을 둘러보았다. 그러다 빨간색 스웨터와 밤색 코르덴 바지에서 눈길을 멈추었다.

 외삼촌도 벽에 걸린 옷들을 훑어보다가 어깨 위에 있던 순동이를 조심스레 내려놓았다. 그러고는 긴 막대기로 엄마의 눈을 사로잡은 그 옷을 집어 내렸다.

 "이 옷이 잘 맞을 것 같구나."

 빨간색 스웨터와 밤색 코르덴 바지였다. 엄마는 외삼촌이 골라 준 옷이 마음에 드는 듯 환하게 웃으며 스웨터를 받아 들었다.

 순동이는 솔직히 옷보다 무동을 더 타고 싶었다. 외삼촌의 무동을 타고 시장을 한 바퀴 돌고 싶었다. 외삼촌 어깨 위에서는 시장이 더 잘 보일 테고, 엄마 손을 놓치는 일도 없을 것 같았다.

외삼촌과 헤어질 생각을 하니, 순동이는 벌써부터 서운했다. 엄마가 가게를 빨리 나갈까 봐 조바심이 났다.

"이 옷은 내가 조카한테 주는 선물이다."

"오빠, 나 돈 있어……."

엄마가 저고리 속을 허둥지둥 뒤지려 하자 외삼촌이 눈을 하얗게 흘겼다.

순동이는 탁자 위 전화기 구멍에 손가락을 넣고 1부터 10까지 차례로 돌려보았다. 몇 번을 돌리며 딴청을 피워도, 외삼촌과 헤어질 시간은 늦춰지지 않았다.

외삼촌이 스웨터와 바지를 비닐봉지에 담아 엄마에게 건넸다. 엄마는 외삼촌이 심하게 얼굴을 찡그리자 더는 저고리 속을 뒤지지 않았다.

"아무 걱정하지 말고, 네 몸이나 신경 써."

"오빠 고마워."

걱정하는 외삼촌의 배웅을 받으며 엄마는 가게 문쪽으로 걸어갔다. 순동이에게 집에 가자고 손짓했지만, 순동이는 못 알아들은 척 전화기에서 손을 떼지 않았다.

"순동아, 오늘은 그만 집에 돌아가거라. 다음에 오면 외삼촌이 맛있는 거 사주마."

외삼촌이 엄마를 따라가라며 순동이 등을 살짝 두드렸다. 짜장면집에서도 그랬고, 외삼촌 옷 가게서도 떠나고 싶지 않았다. 하지만 엄마를 따라가야 했다. 해가 저물기 전에 시냇물을 건너야 해서 더는 지체할 수 없었다. 순동이는 서운한 마음을 꾹꾹 참으며 삐쭉삐쭉 외삼촌과 헤어졌다.

엄마는 할머니가 좋아하는 마른 새우 한 되와 미역 한 장을 샀다. 떨이라고 소리치는 갈치는 몇 번 뒤집어 보고는 그냥 지나쳤고, 정육점은 멀찍이 서서 바라만 보았다.

멧방석 위에는 사과가 한가득 쌓여 있었다. 사과는 십 원에 다섯 개였지만, 엄마는 뒤적거리기만 할 뿐 집어 들지 않았다. 지켜보던 사과 장수가 깨진 사과 다섯 개를 봉지에 담았다.

"오 원만 줘유, 아줌마 이뻐서 싸게 주는 거유."

엄마는 사과 장수에게 오 원을 건네고는 민망한 듯 돌아섰다. 오 원을 주고 산 사과는 순동이 손에 들렸다.

엄마는 아침보다 생기가 돌았다. 순동이는 엄마의 그런 모습이 보기 좋았다. 엄마가 날마다 지금처럼 씩씩하게 걸어 다니면 장 구경도 자주 나올 수 있고 다른 곳에도 갈 수 있을 것 같았다.

 시장은 여전히 붐비고 시끄러웠으며 어느 골목이나 다 비슷해 보였다. 이렇게 많은 사람이 어디에서 다 모여든 것인지 생각할수록 신기했고, 또 이렇게 많은 물건은 도대체 누가 만들어 가져온 것인지 궁금했다.

 엄마는 사람들 사이를 요리조리 뚫고 빠르게 장터를 벗어나기 시작했다. 장사꾼들은 아침나절보다 더 큰 소리로 떠들었고, 사람들은 물건을 사느라 여전히 바글거렸다. 엄마도 잠깐씩 장사꾼들의 목소리에 눈길을 돌렸지만, 발길은 한 번도 멈추지 않았다. 돼지가 통째로 걸려 있는 정육점 앞에서 잠시 멈칫 하기도 했지만, 엄마는 다시 골목 끝을 향해 달음질했다.

순동이는 점점 눈이 무거워졌다. 시장 구경하는 게 재밌기는 하지만, 걸으면서도 눈이 감겼다. 엄마 옷자락을 잡은 손도 점점 힘이 풀렸다. 엄마를 놓치면 안 된다는 생각에, 옷자락을 다시 잡아도 보지만, 얼마 못 가 눈이 스르륵 감겼고 또다시 손에 힘이 빠졌다.

"칼 갈아요!"

칼장수의 외침에 정신이 번쩍 들었다. 순동이는 깜짝 놀라 눈에 힘을 주었다.

정신을 차리고 보니, 발길은 어느새 북적이던 시장 한복판을 지나 시장 끝자락에 와 있었다. 시장이 끝난 것은 아니지만 장사치들이 띄엄띄엄 있었고, 사람들도 한결 한산해진 분위기였다.

쨍쨍하던 햇볕도 기운을 잃은 것인지 골목 어디선가 서늘한 저녁 바람이 불어왔다. 배추밭으로 나갔던 암탉이 병아리들을 데리고 닭장으로 들어갈 시간이었다. 끝물 고추를 따던 할머니도 굽은 허리를 끙끙거리며 집으로 돌아갈 시간이었다.

순동이는 북적이던 시장을 빠져나온 것이 꿈처럼 느껴졌다. 짜장면을 먹고 사과를 사고 큰외삼촌을 만났는데 실감이 나지 않았다. 잠깐 낮잠을 자다 꿈을 꾼 듯 허무했다. 엄마가 순동이의 그런 마음을 안 것인지 잡은 손에 힘을 주며 말했다.

"어서 가자."

"엄마, 다음 장날 또 올 거지?"

"……."

엄마는 대답이 없었다.

순동이는 엄마 얼굴을 올려다봤다.

"할머니 기다리시겠다."

엄마는 여전히 말이 없었다.

잡은 손이 점점 뜨거워지는 게 느껴졌다. 순동이는 그 손을 놓치지 않으려 꼭 쥐었다.

칠성제화점

 엄마는 올 때와 다른 길로 들어섰다. 시장을 가로지르는 지름길이었다. 큰길 옆 골목은 요란한 시장과 달리 비교적 한적한 분위기였다.

 골목 양쪽으로는 유리창 달린 점포들이 죽 늘어서 있었다. 양장점, 구둣방, 한복집, 포목점, 이불집, 빵집, 미용실…… 오일장 난전에서는 좀처럼 보기 힘든 가게들이었다. 유리창 너머로 가게 안이 훤히 들여다보였다. 순동이는 진열장에 가지런히 놓인 물건들을 기웃거리며 구경했다. 낯선 물건들을 구경하는 재미가 제법 쏠쏠했다.

 다방도 두 개나 마주보고 있었다. 때마침 짧은 미니스커트를 입은 앳된 여자가 다방에서 나왔다. 여자의 한 손에는 보자기에 싼 커피잔이 다른 손에는 큰 보온병이 들려 있었다. 여자가 엉덩이를 흔들며 근처 구둣방으로 들어가자, 순동이는 신기한 듯 바라보았다.

"엄마, 저 여자 엉덩이 다 보여!"

"저런 거 보면 못써, 어서 가자."

엄마는 순동이를 단속하면서도 여자의 뒷모습에서 눈을 떼지 못했다. 그토록 짧은 치마를 입은 여자는 처음이었다. 한여름에도 한기가 들어 얇은 옷조차 맘대로 못 입는 자신과 비교되는 것 같았다. 엄마는 젊은 여자가 들어간 구둣방을 다시 한 번 쳐다보았다.

골목을 찾는 손님 중에는 근처 방직공장에 다니는 어린 여학생과 아가씨들이 많았다. 야간 일이 없는 날이거나 휴일이면 삼삼오오 모여 골목을 찾곤 했다.

이들이 주로 찾는 곳은 양장점과 구둣방이었다. 한 달 월급이 사오만 원도 안 되었으니, 그곳 물건들은 여공들에게 적잖이 비싼 편이었다. 그래도 특근과 야근까지 해가며 모은 돈으로, 가끔은 구두를 사고 양장을 맞추었다.

대부분의 여공은 동생 학비와 부모님 생활비를 보태느라 허덕였지만, 가끔은 그런 호사라도 부려야 고단한 공장 생활을 버틸 수 있었다.

다방 여자가 들어간 구둣방은 칠성제화점이라는 간판이 붙어 있었다. 순동이는 손가락으로 가리키며 '칠성제화점'이라고 쓴 간판을 한 자 한 자 읽었다. 이제 한글은 충분히 읽을 수 있었다.

칠성제화점은 다른 가게들보다 더 큰 유리창이 달려 있었다. 순동이와 엄마는 호기심 가득한 눈길로 칠성제화점을 지나가려던 참이었다. 그때 세 명의 앳된 여자들이 엄마와 순동이를 앞질러 제화점으로 들어갔다. 순동이와 엄마는 갑작스레 나타난 여자애들 때문에 짐짓 걸음을 멈춰야 했다.

그런데 갈 길이 바쁜 엄마가 걸음을 다시 떼지 않았다. 엄마는 칠성제화점 유리창 앞으로 천천히 다가가 말없이 한참을 들여다보았다. 유리창 안에는 여러 색깔의 뾰족구두와 신사 구두, 여학생 단화, 어린이 구두 등이 조명을 받아 반짝거렸다.

그중에서도 맨 앞 붉은 융단 위에 놓인 빨간색 뾰족구두와 밤색 어린이 구두가 유난히 눈에 띄었다. 엄마와 아이를 위한 한 쌍의 구두 같았다.

빨간 뾰족구두는 노을빛이 반사되어 더 아름다웠다. 엄마는 그 구두를 뚫어져라 바라보았다. 순동이가 옆에 있는 것도 잊어버린 듯, 빨간 뾰족구두에 정신이 팔려 한 손에 쥐고 있던 사과 봉지가 떨어지는 줄도 몰랐다.

순동이는 엄마의 낡은 고무신을 내려다보았다. 고무신은 아무리 닦아 신어도 제빛이 나지 않았고, 고양이가 물어뜯어 콧등이 구멍 날 지경이었다. 순동이는 엄마의 고무신을 보니 속상했다. 그래서 언젠가는 꼭 엄마의 마음을 빼앗은 빨간 뾰족구두를 사줄 거라고 다짐했다.

순동이는 빨간 구두 옆에 놓여 있는 밤색 구두도 맘에 들었다. 그 구두를 신으면 달리기를 훨씬 잘할 수 있을 것 같았다. 학교 가는 날 저 구두를 신고 외삼촌이 선물로 준 옷을 입으면 멋쟁이 소리 들을 것 같았다.

하지만 순동이는 구두를 사달라고 하지 않았다. 구두는 엄청 비쌀 테고, 엄마에게는 그럴 돈이 없었다. 장 구경하느라 가지고 있던 돈도 몽땅 써 버렸을 것이었다. 순동이는 엄마를 속상하게 하고 싶지 않았다.

그래도 순동이는 마음 한켠에 기대를 품었다. 어쩌면 다음 장날 엄마가 구두를 사줄지도 몰랐다. 그 생각을 하니 순동이는 주머니에 구슬이 들어 있는 양 기분이 좋아졌다. 순동이는 다음 장날이 벌써부터 기다려졌다.

다음 장날까지는 아직 다섯 밤이나 남아 있었다. 그보다 어두워지기 전에 얼른 집으로 돌아가는 일이 더 급했다. 빨간 구두에 정신이 팔려 있던 엄마도 어느 순간 그 사실을 깨달은 듯 순동이를 바라보며 멋쩍게 웃었다.

"구두 참 예쁘지? 우리 다음에 사 신자."

엄마가 조금은 쓸쓸한 표정으로 말했다.

"엄마, 내가 크면 돈 많이 벌어서 저 뾰족구두 사줄게."

 순동이는 빨간 뾰족구두를 바라보는 엄마의 손을 잡으며 말했다.
 "그래…… 엄마, 아주 오래 살아야겠다."
 순동이와 엄마는 구둣가게를 떠나 집으로 향했다. 장터를 벗어난 지 한참이 지났지만, 순동이 귀에는 여전히 장터 소리가 들려왔다. 떡이라고 외치는 사과 장수의 목쉰 소리가 들려왔고 흥정하는 사람들의 북적이는 소리가 들려왔다. 구수하면서도 고소한 장터 냄새는 순동이를 계속 뒤돌아보게 했다.
 엄마와 다음 장날에 다시 오기로 약속했는데, 순동이는 왠지 그 말이 슬프게 느껴졌다. 엄마가 거짓말을 할 리 없는데 참 이상했다.

둑길로 들어서자, 장터 소리는 더 이상 들려오지 않았다. 어디선가 싸늘한 초겨울 바람이 불어왔다. 순동이와 엄마는 까만 씨를 매단 코스모스 길을 따라 말없이 걸었다. 그토록 하고 싶었던 장 구경을 실컷 했는데, 순동이는 장에 올 때와 달리 기운이 나지 않았다. 아까는 긴 둑길을 한걸음에 달려왔는데, 집으로 가는 길은 가도 가도 끝이 보이지 않았다. 장터에 중요한 무엇을 두고 온 듯 자꾸 뒤돌아보게 되었다.

엄마도 말없이 걷기만 했다. 핏기 없는 얼굴로 머리카락이 쏟아져 내려도 쓸어 올리지 않았다. 찬바람에 치마가 펄럭거리고 손에 들린 검은 봉지가 제멋대로 빙글빙글 돌아도 엄마는 신경 쓰지 않았다. 순동이가 뭐라 말을 걸어도 멍하니 시냇물만 바라보았다. 정신은 장에 두고 몸만 집으로 가는 것처럼 보였다. 순동이는 엄마도 자신처럼 알 수 없는 서운함을 느껴서 그렇다고 생각했다.

돌아가는 길은 언제나 쓸쓸하고 허전한 게 인생이라고 할머니가 말했다. 바구니에 고추를 가득 따서 담을 때는 뿌듯하고 흡족하지만, 고추를 말려 장사꾼에게 모두 넘기고 난 뒤 입을 벌리고 있는 빈 바구니를 보면 허전하고 쓸쓸하다고 했다.

세상일 중 들어갈 때보다 나올 때 기분 좋은 일은 똥 눌 때뿐이라고, 그 나머지 일들은 대체로 돌아올 때의 기분처럼 쓸쓸하다고, 그것이 개떡 같은 우리 인생이라고 말할 때마다 할머니는 막걸리에 취해 있었다. 할머니는 쨍그랑 소릴 내며 나뒹구는 빈 주전자를 꼬나보며 욕인지 노래인지 모를 소릴 떠들곤 했다. 순동이는 할머니가 빈 주전자를 흔들다 앞마당으로 내던지며 하는 그 말을 조금은 알 것 같았다.

순동이는 엄마의 마음도 그 빈 주전자와 같은 마음일 거라는 생각이 들어 까만 코스모스 씨를 훑어가며 조용히 엄마 뒤를 따라갔다.

사라진 엄마

 순동이와 엄마가 집에 도착했을 때는 감나무 까치밥에 걸려 있던 해가 사라진 뒤였다. 할머니도 두 사람을 기다리다 늦은 저녁을 먹고는 잠이 들었다. 늙은 고양이만 마루 밑에서 기어 나와 순동이를 반겼다.

 "오늘 피곤했을 테니, 얼른 들어가 자자."

 엄마가 조용조용한 몸짓으로 순동이를 방으로 몰았다. 잠귀 밝은 할머니가 깰까 조심스러운 모양이었다. 엄마는 장터에서 사 들고 온 비닐봉지를 쪽마루 한 귀퉁이에 살며시 내려놓았다.

"엄마 먼저 들어가, 나는 변소에 좀 다녀올게."

"혼자 갈 수 있겠니, 같이 갈까?"

마루로 올라서던 엄마가 다시 내려서며 물었다.

"괜찮아, 이젠 혼자 갈 수 있어."

순동이는 공연히 잔기침하며 마당으로 나갔다. 엄마가 변소 문 앞에 서 있어야 안심이 되지만, 오늘은 엄마가 너무 피곤해 보였다. 이제는 학교에 갈 나이라 그 정도는 혼자 해야 한다고 생각했다.

변소는 수숫대와 장작이 산처럼 쌓여 있는 나뭇간 옆에 있었다. 초가지붕 위로 커다란 보름달이 떠 있어 그리 어둡지는 않았다. 그래도 밤에 혼자 가는 것은 처음이라 전혀 무섭지 않은 것은 아니었다.

순동이는 똥 통 위에 아슬아슬하게 놓여 있는 통나무 위로 조심스럽게 두 발을 올려놓았다. 생각보다 어렵지 않았다.

때마침 고양이가 나타나 한결 마음이 놓였다. 할머니는 툭하면 저놈의 늙어빠진 고양이 죽지도 않는다고 말하지만, 순동이한테 고양이는 엄마와 할머니 다음으로 중요한 존재였다. 잘 기억나지 않는 아빠를 대신해 줄 정도로 의지가 되기도 했다.

순동이는 고양이에게 늘 진지했다. 고양이는 엄마와 할머니보다 순동이 말을 더 잘 들어주었다. 고양이는 할머니처럼 쓸데없는 소리라고 소리치지도 않고 엄마처럼 한숨을 쉬며 걱정스러운 표정을 짓지도 않았다.

늙은 회색 고양이는 변소 앞을 오락가락하며 순동이를 지켰다.

볼일을 끝낸 순동이는 변소에서 뛰쳐나와 단숨에 토방으로 올라섰다. 무사히 똥을 누었으니 얼른 엄마가 있는 방으로 들어가야 했다.

달빛이 토방 댓돌 위에 놓인 엄마와 할머니의 고무신을 비추었다. 순간, 순동이는 잊고 있던 사실을 생각해냈다. 장에 갔다 돌아오는 내내 생각했던 일이었다.

순동이는 할머니가 자는 방으로 살금살금 들어가 미리 사놓았던 가방 속에서 새 공책과 연필을 꺼냈다. 초저녁잠이 많은 할머니는 순동이의 부스럭거림에도 코를 세게 골았다.

다시 밖으로 나온 순동이는 댓돌 위에 놓여 있던 엄마의 고무신을 공책 첫 장에 올려놓고 그대로 따라 그렸다. 그리고 그 옆에 '칠성제화점'이라고 써 놓았다. 어른이 되어 돈을 벌면 칠성제화점에서 봤던 그 빨간 구두를 엄마에게 사줄 생각이었다. 엄마가 깜짝 놀라 '어머 이게 웬일이니!' 하며 좋아하는 모습을 꼭 보고 싶었다. 순동이는 엄마가 구둣가게에 진열되어 있던 빨간 구두를 뚫어져라 쳐다보던 모습을 다시 떠올렸다.

엄마의 신발 본을 간직하고 나니 가슴속에 커다란 목표가 생겼다. 순동이는 방문으로 들이치는 달빛을 보며 목표를 이루기로 다짐했다. 순동이는 살그머니 엄마 옆에 누웠다. 엄마 품에서 장터 냄새가 났다. 국밥 냄새, 짜장면 냄새, 생선 냄새, 새 옷 냄새를 맡다 보니 잠이 쏟아지기 시작했다.

엄마가 사라진 것은 순동이와 장에 다녀온 뒤 사흘째 되던 날이었다.

 처음으로 엄마와 장에 나가 외삼촌을 만나고, 구둣가게를 구경하며 엄마에게 빨간 뾰족구두를 사주겠다고 다짐했었는데, 엄마가 보이지 않았다. 순동이는 다른 날보다 늦게 일어나는 바람에 엄마가 사라지는 걸 보지 못했다.

 순동이는 땡그랑 소리에 잠에서 깨어났다. 할머니가 마신 막걸리 주전자가 마당에 나뒹굴고 있었다.

 "할머니, 아침부터 왜 막걸리를 마셔?"

할머니가 아침부터 막걸리를 마신다는 것은 기분이 좋지 않다는 뜻이었다. 이장하고 싸웠거나 일 년에 두어 번 들리는 마늘 장사와 다투지 않고서는 아침부터 막걸리 주전자를 그토록 사납게 내팽개칠 리 없었다.

순동이가 방에서 나와 눈을 비비며 물었지만, 할머니는 대답하지 않았다.

"할머니, 엄마는……?"

"……"

"엄마 어디 갔어?"

아무래도 이상했다. 할머니도 심상치 않았지만 찬 공기에서 전해지는 느낌이 전 같지 않았다.

순동이는 잽싸게 부엌으로 나갔다. 엄마가 보이지 않았다. 당연히 있어야 할 부엌에도 엄마가 보이지 않는 것이었다. 순동이는 다시 마당으로 나갔다. 마당에는 검둥이와 어미 닭만 있을 뿐이었다. 파밭에도, 당근밭에도 엄마는 보이지 않았다.

순동이는 뭔가 잘못되었음을 알았다. 지금까지 자고 일어나서 한 번도 엄마를 찾아본 적이 없었다. 눈을 뜨면 엄마가 먼저 달려와 "순동이 일어났어!" 하며 안아주었는데, 오늘은 어디에도 엄마가 보이지 않았다.

"그만둬라! 니 에미 없다."

할머니가 순동이를 향해 소리쳤다.

"엄마 어디 갔는데?"

순동이는 겁이 덜컥 났다. 엄마가 없다니, 믿을 수 없었다.

엄마를 찾아야 했다. 아니, 엄마를 쫓아가야 했다. 순동이는 모퉁이 산을 향해 뛰었다. 산 너머로 사라진 엄마를 뒤쫓아야 했다. 순동이는 죽을힘을 다해 뛰었다. 숨이 턱에 차도록 쉬지 않고 달리며 엄마를 불렀다.

그러나 어느 순간, 순동이는 할머니의 깡마른 손아귀에 붙들리고 말았다. 그토록 빨리 달렸는데 할머니가 뒤쫓아와 순동이의 뒷덜미를 낚아챘다.

순동이는 할머니의 손아귀에서 벗어나려 몸부림쳤다. 어떻게든 엄마를 쫓아가 무슨 일로 집을 떠나는 것인지 물어봐야 했다. 어제 장 구경 갔을 때도 아무 말이 없었던 엄마가 왜, 순동이를 두고 집을 나간 것인지 알아야만 했다.

그러나 할머니는 그런 순동이의 궁금증 따위는 안중에도 없는 듯 매몰차게 말했다.

"이놈아! 이제부턴 니 에미 없으니까 찾지 말어."

"그럼, 학교는 어떻게 가!"

"할미랑 가면 되지."

순동이는 이런 말도 안 되는 상황이 억울했다. 갑자기 사라진 엄마도 그렇지만, 그런 엄마를 찾지 않으려는 할머니를 이해할 수 없었다.

순동이는 땅바닥을 구르며 울부짖었다. 그러나 할머니는 끄떡도 하지 않았다. 아니, 부러진 소나무 가지를 주워 들고 순동이를 때리기 시작했다. 순동이가 더 큰소리로 몸부림치면 칠수록 할머니는 사정없이 나뭇가지를 내리쳤다. 어떻게든 할머니한테서 벗어나려 애를 써 보았지만 소용없었다. 할머니는 소나무 가지가 부러지고 나서야 순동이를 둘러메고는 집으로 갔다.

"불쌍한 인생 같으니라구, 새끼 눈에 밟혀서 제대로 죽기나 허 것어……!"

할머니가 연신 눈물을 쏟으며 중얼거렸다.

"할머니, 엄마 진짜 안 와?"

순동이가 훌쩍이며 물었다.

"나중에 하늘나라 가면 다 만나게 된다. 할미가 먼저 가서 니 소식 전해 줄 테니, 너무 속상해 말어. 하늘이 하는 일을 어찌 말리겄냐. 니 에미 착해서 좋은 데 갔을 것이니, 너무 서러워 마라. 그리고…… 읍내 무슨 구둣방에 네 구두 사놨다더라. 학교 갈 때 신으라고. 니 에미 마지막 선물이니 꼭 가서 찾아 신거라."

순동이는 지쳐 할머니가 뭐라 말하는지 들리지 않았다. 엄마에 대한 미움만 밀려올 뿐이었다. 엄마와 할머니가 쿵덕쿵덕 짜고 자신만 따돌렸다고 생각하니 분하고 억울하기만 했다.

할머니는 마루 끝에 순동이를 내려놓았다. 울음을 그친 순동이는 시뻘건 눈으로 할머니를 노려보았다. 할머니는 그런 순동이를 모르는 척 신발을 물어뜯는 고양이만 바라보았다.

순동이도 더는 악다구니를 쓰지 못했다. 목소리는 가라앉고 팔다리는 축 늘어졌다. 순동이와 할머니는 한동안 침묵했다. 어둠이 토방을 뛰어올라 마루까지 넘실거렸다. 어느 순간 순동이는 잠이 들었다. 할머니는 잠든 순동이 얼굴을 가만히 쓰다듬고는 살며시 안아다 방에 눕혔다.

그렇게 하루 이틀 그리고, 한 달이 지났다. 엄마가 집을 나간 뒤, 할머니는 마치 이런 날이 올 줄 알았던 사람처럼 엄마의 흔적을 빠르게 없애버렸다 콩깍지를 태우듯 옷가지와 물건을 밭 한가운데 모아 놓고 성냥불을 그었다.

순동이는 학교에 가 있느라 엄마의 흔적들이 사라지는 것을 보지 못했다. 그저, 까만 재만 남은 엄마의 흔적들을 보고 나서야 알게 되었다. 사라지는 것들은 언제나 아무 예고 없이 사라진다는 것을, 친절을 베풀거나 어제와 다른 모습을 보여주는 사람은 갑자기 사라질지 모른다는 것을, 그런 이별은 사람을 억울하고, 분하고, 화나게 한다는 것을.

그날 이후로 순동이는 엄마를 찾지 않았다. 할머니한테도 다시는 엄마 이야기를 묻지 않았다.

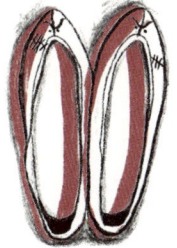

아버지의 동굴

그렇게 계절이 바뀌고, 순동이는 초등학교에 들어갔다.

순동이는 학교에서도 친구들과 어울리지 않았다. 친구를 만들고 싶지도 않았지만 반 아이들도 순동이와 친구가 되려고 하지 않았다. 엄마가 사라지고 난 뒤에는 아무것에도 흥미가 생기지 않았다. 그토록 다니고 싶었던 학교인데, 할머니가 등을 떠밀어 마지못해 다녔다.

순동이는 오늘도 학교에 곧장 가지 않고 시냇가에 앉아 있었다. 엄마의 등에 업혀 건너던 시냇물은 여전히 졸졸 흘렀다. 크고 작은 조약돌들도 그 자리에 그대로 있었다.

 순동이는 둑 위에 책가방을 내려놓고선 흐르는 시냇물을 바라보았다. 수업을 시작하는 종소리가 벌써 울렸을 시간인데, 내 건널 생각은 하지 않고 돌멩이만 가지고 놀았다. 학교에 빨리 가라고 타이른 할머니의 당부는 까맣게 잊고 풀숲으로 돌멩이만 집어 던졌다.

 차가운 봄바람이 얼굴을 때리고 지나갔지만, 순동이는 그 자리에서 꼼짝하지 않았다. 생각하지 않으려 해도 어느 순간 엄마가 떠오르면 화가 치밀었다. 시냇물을 보아도 시장 골목만 지나쳐도 엄마와 함께했던 순간들이 떠오르며 가슴속에서 커다란 불덩어리가 치솟았다.

엄마를 생각할 때마다 화가 나는 것은, 엄마가 다른 남자한테 새로 시집을 갔을지도 모른다는 생각 때문이었다.

엄마는 그동안 박 씨 할머니가 가르쳐 준 대로 약을 꼬박꼬박 달여 먹었다. 그래서 순동이는 박 씨 할머니처럼 엄마도 병이 나을 거라 믿었다. 병이 나으면 외삼촌이 준 새 옷을 입고 엄마와 함께 입학식에 가기를 손꼽아 기다렸다. 그런데 엄마는 집을 나가버렸다.

할머니마저 감기로 몸져눕는 바람에 미숙이 엄마를 따라 입학식에 갔던 날, 순동이는 쑥덕거리던 동네 사람들 이야기를 어렴풋이 들었다.

"들었어? 순동이 엄마 말이야. 말도 없이 사라졌다지?"

"어디 딴 데로 시집 간 거겠지. 아니면 왜 그렇게 조용히 나갔겠어?"

순동이는 가슴이 턱 막히면서 눈앞이 캄캄해졌다.

입학식이 끝날 때까지 고개를 숙이고 울었다. 슬픔이 온몸을 휘감아 텅 빈 운동장에 혼자 서 있는 기분이었다.

학교에 가기 싫은 것은 그래서였다.

순동이는 흐르는 시냇물을 멍하니 바라보았다. 얼마쯤 지났을까. 지나가던 미숙이 아버지가 순동이 곁으로 다가와 물었다.

"이놈아, 왜 학교 안 가고 여있어?"

순동이는 아무 말도 하지 않았다. 이제는 동네 사람 누구하고도 아는 체하기 싫었고 말을 걸어오는 것도 귀찮았다.

"순동아, 할머니가 아시면 얼마나 속상하시겠니. 얼른 학교에 가거라. 니가 공부 열심히 해야 엄마가 빨리 돌아온단다."

"거짓말하지 마세요, 나도 다 알아요."

순동이는 쥐고 있던 돌멩이를 시냇물에 힘껏 던졌다. 아무도 믿을 수가 없었다. 엄마도 할머니도 믿을 수가 없는데 누구를 믿는단 말인가.

다들 앞에서는 안타까운 듯 혀를 차며 별일 없을 거라고 위로했지만, 돌아서기만 하면 엄마 없는 애라 버릇이 없다고 흉을 봤다.

순동이가 계속해서 씩씩거리자, 미숙이 아버지는 끙 소릴 내고는 발길을 돌렸다. 순동이는 여전히 시냇물만 바라보았다. 시냇물 건너 학교 가는 신작로에는 사람 하나 보이지 않았다.

햇볕이 사라지는가 싶더니 때 아닌 봄눈이 휘날리기 시작하면서 바람은 점점 더 세차게 불었다. 웅크리고 앉아 있던 순동이는 훌쩍거리기 시작했다. 아무리 참으려고 해도 눈물은 멈춰지지 않았다. 순동이는 마음이 아파서 눈물이 난 것이 아니라 추워서 운 것이라고 자신을 달랬다. 그러나 참으려 애를 쓸수록 설움이 더 솟구쳐 목구멍이 아플 지경이었다.

친구들이 학교에서 돌아올 시간이었다. 금순이와 미숙이 재동이가 저기 신작로를 뛰어와 시냇물을 건너올 것이었다. 순동이는 그제야 정신이 번쩍 들었다. 친구들과 마주치기 싫었다. 친구들에게 자신의 그런 슬픈 모습을 들키고 싶지 않았다. 친구들이 왜 학교에 오지 않은 것이냐고 물어볼까 봐 겁이 났다. 순동이는 그만 자리에서 벌떡 일어났다.

  순동이는 집 쪽을 향해 달렸다. 친구들이 나타난 것도 아닌데 사력을 다해 뛰어간 순동이는 집으로 가지 않고 뒷산으로 올라갔다.

  집 뒷산의 작은 동굴은 소나무와 마른 억새가 우거져 눈에 쉽게 띄지 않았다. 오래전 전쟁이 났을 때, 할아버지가 아버지를 숨기기 위해서 판 동굴이었다. 순동이 아버지는 그곳에서 두 달을 버티다 전쟁터로 끌려간 뒤, 곧 총에 맞아 죽어버렸다.

  순동이 아버지의 죽음을 상상조차 못 했던 할머니는 동굴을 떠나던 마지막 모습에 대해 종종 이야기했다.

"그때, 닭이라도 잡아서 멕여 보냈어야 하는 건데, 보리밥 한 덩어리에 소금국만 멕였으니……, 처죽일 놈들! 금쪽같은 내 새끼를 그렇게 죽이다니……."

순동이도 아버지가 궁금하긴 했지만 보고 싶거나 그립지는 않았다. 그리움은 정이 든 사람한테 해당하는 말이고, 궁금증은 그 정이 든 사람이 사라졌을 때 하는 표현이었다. 순동이는 아버지가 어떻게 생겼으며 어떤 사람이었는지에 대한 기억이 전혀 없었다.

할머니의 푸념은 으레 아버지에 대한 그리움 때문이었고, 순동이는 할머니의 푸념 속에서 아버지에 대한 조금의 궁금증이 생기기도 했지만 그뿐이었다. 할머니는 아버지 이야기를 할 때마다 매번 분노와 그리움으로 눈물범벅이 되었지만, 순동이는 아무런 감정이 들지 않았다.

순동이는 동굴 속으로 들어가 책가방을 베고 누웠다. 바닥이 차고 어두웠지만 바람이 들이치지 않아 아늑했다.

순동이는 아버지를 떠올렸다.

아버지는 이곳에서 무슨 생각을 하며 누워 있었을까, 할머니말대로 전쟁에 끌려가지 않기 위해서 하루하루 마음 졸이며 살았을까, 인민군한테 발각되어 끌려가던 심정은 어땠을까, 총에 맞은 아버지는 무슨 생각을 하며 죽어갔을까…….

나무뿌리가 드러난 동굴 천장으로 무수한 별들이 반짝거리다 사라졌다. 어디선가 총소리가 들려오는 것도 같았고, 재 너머에서 친구들 소리가 들려오는 것도 같았다. 할머니가 거친 숨을 몰아쉬며 산에 오르는 소리도 들리는 듯했다.

얼마쯤 지났을까. 순동이가 눈을 떴을 때, 동굴 밖은 캄캄했다. 아무것도 보이지 않아 어디가 동굴 입구인지 어느 쪽이 집으로 가는 방향인지 분간하기 어려웠다.

순동이는 심한 한기를 느끼며 더듬더듬 자리에서 일어났다. 얼마 동안 동굴 속에서 꾸부리고 잠을 잔 것인지 오금 다리가 저리고 아팠다. 잠깐만 있다가 집으로 돌아갈 생각이었는데 너무 오래 동굴 속에 있었다.

순동이는 조심조심 동굴 밖으로 나와 걸음을 떼었다. 어둡고 차가운 공기가 와락 달려들어 사방을 분간하기 어려웠다. 멈칫거리던 순동이는 잠깐, 걸음을 멈추고 다시 동굴 속으로 들어가 가방 속에서 더듬더듬 공책을 꺼냈다. 엄마의 신발 본을 그려 넣은 공책이었다.

순동이는 공책을 찢어 접은 뒤 동굴 벽 바위틈에 찔러 넣었다. 엄마한테 빨간 구두를 사주려고 그려 놓은 신발 본인데, 이젠 필요 없게 되었다. 학교에서 공책을 꺼낼 때마다 엄마 생각이 났는데, 엄마의 신발 본이 그려진 첫 장을 찢어 버렸으니 엄마를 잊을 수 있을지도 몰랐다. 기억나지 않는 아버지처럼 엄마도 그렇게 동굴 속에 묻어두면 될 것 같았다.

세상에 변하지 않거나 잊히지 않는 것은 없다는 할머니 말을 믿어야만 엄마도 아버지도 잊어버릴 수 있을 것 같았다. 아버지가 머물렀다는 동굴도 아버지의 흔적을 감쪽같이 없애버렸으니 엄마의 흔적도 동굴이 알아서 없애줄 것이었다.

순동이는 동굴 입구에 서 있는 두 개의 소나무를 중심으로 곧장 내려가면 집이라는 생각이 스쳤다. 길을 분간하기 어려웠지만, 숲의 냄새와 마을 냄새, 각기 다른 나무 냄새는 구분할 줄 알았다.

순동이는 가까이서 고양이 냄새를 맡았고 할머니 냄새를 맡았다. 문풍지 사이로 새 나오는 할머니 입 냄새와 부뚜막 위에 잠들었을 늙은 고양이의 노린내가 대문도 없고 담장도 없는 초가지붕을 타고 숲으로 전해졌다.

동굴 속의 별들과 잠을 잔 탓인지 순동이는 한결 마음이 밝아졌다. 낮에만 해도 머릿속이 뒤죽박죽 혼란스러웠고 화가 계속 치밀었었다. 밖으로 나오니 별들이 더 밝게 반짝거렸다. 동굴 속에서 가졌던 수백 가지의 궁금증이 모두 별이 된 듯했다. 머릿속을 휘젓던 수백수천 개의 별이 보름달과 함께 밤하늘을 수놓고 있었다. 아궁이에 솔가지를 지피고 있던 할머니는 깨죽깨죽 집안으로 들어서는 순동이를 향해 눈을 홉뜨더니 부지깽이를 집어 들었다. 그러나 할머니는 이내 끓어오르는 가래 때문에 부엌 문지방을 넘지 못했다.

"이노무 새끼! 한 번만 더 핵교 안 가면 죽을 줄 알어."

순동이는 대꾸하지 않았다. 잘못한 것은 맞지만 할머니한테 미안하다는 생각은 들지 않았다. 학교를 빠지고 동굴에서 잠을 자 그런지 조금은 할머니에게 복수한 기분이었다.

"학교에 갈 거야."

순동이가 고분고분한 기색이자 할머니는 들고 있던 부지깽이를 슬그머니 내려놓았다.

"그래야지…… 그래야 하늘에 있는 니 아배가 좋아허지. 마음 단단히 먹고 공부 열심히 히서 성공히라."

할머니가 손등으로 눈물을 훔쳐 가며 말했다.

성공이 무엇인지 잘 모르지만, 공부를 열심히 해야 하는 일이라면 그렇게 할 생각이었다. 불쌍하다는 말과 성공하라는 말을 입에 달고 사는 할머니를 위해서라도 공부는 꼭 해야만 하는 중요한 일임이 틀림없었다.

엄마가 사라지고 처음 가져보는 새로운 결심이었다.

홀아비 선생님

 엄마 없는 계절은 빠르게 흘러갔다.

 순동이는 아침마다 할머니의 숨넘어가는 잔소리를 들어가며 보리밥을 먹고 재를 넘어 학교에 갔다. 선생님에게 매를 맞거나 친구들한테 조롱을 당하는 일은 일어나지 않았지만, 그렇다고 일상이 평화로운 것은 아니었다. 전처럼 학교에 가지 않거나 애꿎은 미숙이를 골리지 않을 뿐이었다.

 산수 시험에서 40점을 받던 날, 홀아비 담임선생님이 순동이를 불렀다.

 "순동아, 엄마 없는 티 내지 않으려면 적어도 60점은 맞아야 한다. 나도 마누라 없는 티를 내지 않으려고 와이셔츠는 꼭 다림질해서 입는다. 부러움을 사는 사람이 돼야지 동정받는 사람이 되면 세상에 지는 거다."

선생님 손에 들려 있는 회초리가 신경 쓰여서 순동이는 말씀이 귀에 잘 들어오지 않았다. 하지만 선생님이 입꼬리를 살짝 비틀며 웃었을 때, 순동이는 매를 맞지 않을 거라는 확신이 들었다.

"고개 들고 선생님 눈을 똑바로 봐라. 상대방을 정면으로 바라봐야 그 사람이 무슨 말을 하는지 어떤 사람인지 알 수 있단다. 산수 문제도 마찬가지다. 어렵고 귀찮다고 피하면 너는 산수한테 지는 거다. 그럼 매일 같이 나머지 공부를 해야 되고, 그러다 보면 결국엔 너는 '공부 못하는 애'로 찍히는 거야. 사람들은 너를 두고 그럴 거다. "엄마도 없고 아버지도 없어서 그렇지 뭐, 참 불쌍한 애야!"라고. 그런 편견은 너를 진짜 열등한 아이로 만들어버린단다. 그게 얼마나 무서운 줄 아니?"

순동이는 처음으로 선생님 이야기에 귀를 기울였다.

인생에서 밀리면 마누라가 도망갈 확률이 높아지고, 홀아비로 살면서 매일 아침 직접 와이셔츠를 다려 입어야 한단다. 그거 엄청 귀찮은 일이란다. 그런데, 티를 내지 않으려면 어쩔 수 없단다. 그러니까 그놈의 '티'라는 걸 애당초 잡지 않으면 나처럼 된다 이 말이야……."

순동이는 해가 저물 때까지 틀린 산수 문제를 풀었다.

선생님은 틀린 문제와 비슷한 문제를 반복해 내주었다. 그러면서 그놈의 티 얘기도 멈추지 않았다. 문제 푸는 데 집중해야 하는데, 선생님 말씀도 잘 듣고 있냐며 머리를 쥐어박는 바람에 셈이 자꾸 틀렸다.

순동이가 어찌어찌해서 70점을 맞았을 때, 교실에는 순동이까지 세 명만 남아 있었다. 처음에는 스물두 명이었는데, 나머지 공부를 시작한 지 한 시간쯤 지나자 열 한 명이 집으로 돌아갔고, 세 시간쯤 지나서는 또 여섯 명이 집에 갔다. 남은 다섯 명 중 두 명은 삼십 분 전에 교실을 나갔고, 마지막으로 순동이를 포함한 세 명이 똑같이 70점을 받자, 선생님이 말했다.

"이제 됐다! 집에 가거라."

교실 밖으로 나온 순동이는 캄캄한 운동장을 가로질러 교문을 향해 걸었다. 다른 두 친구는 이미 반대 방향으로 사라져 보이지 않았다.

산수 문제를 푸느라 힘들었는데, 이상하게 기분은 나쁘지 않았다. 공책 속의 붉은 동그라미들을 떠올리니 공연히 웃음이 나왔다. 붉은 동그라미가 커다란 보름달처럼 머릿속에 두둥실 떠오르며 기분 좋게 만들었다.

 티 나지 않게 살아야 한다는 선생님 말씀이 만약 붉은 동그라미에 관한 이야기라면 정말 잘해보고 싶었다. 선생님도 티 내지 않기 위해서 노력하며 산다고 했다.

 순동이는 앞으로 얼마나 더 많은 동그라미를 맞아야 하는지 막막하지만 한번 해보고 싶었다. 눈을 크게 뜨고 똑바로 바라보면 무엇이 보인다는 선생님 말씀을 믿고 싶었다.

할머니의 죽음

 순동이는 집을 향해 뛰었다. 가로등 불빛이 띄엄띄엄 서 있는 시장 골목을 지나, 어스름한 둑길로 들어서자, 발자국 소리가 더 또렷하게 울렸다. 이제 시냇물을 건너면 되었다. 순동이는 할머니 생각에 발걸음을 재촉했다

 저만치 앞쪽에서 불빛이 번쩍거리며 자전거 벨소리가 들려왔다. 미숙이 아버지였다. 삼송리에서 자전거를 타는 사람은 미숙이 아버지뿐이고 자전거가 있는 집도 미숙이네뿐이었다. 순동이는 쉬지 않고 따르릉거리는 자전거 벨소리가 반가워 몸을 곧추세우고 미숙이 아버지가 가까이 오기를 기다렸다. 미숙이 아버지는 읍내에 급한 볼일라도 있는 듯 자전거를 탄 채 급하게 시냇물을 건너왔다.

 순동이는 자전거 벨소리가 몰려오는 어둠을 몰아내는 것 같아 마음이 한결 가벼웠다. 오늘처럼 늦게 집으로 돌아갈 때 아는 사람을 만나면, 그게 누구든지 몹시 반가웠다.

 미숙이 아버지가 순동이 앞에서 자전거를 급하게 세웠다.

"끼익!"

자전거 위에서 내려온 미숙이 아버지는 다짜고짜 순동이를 번쩍 들어 뒷자리에 앉혔다.

"빨리 집으로 가자."

읍내로 가야 맞는 미숙이 아버지가 갑자기 방향을 틀었다. 순동이는 얼떨떨했다. 무슨 일인지 물어볼 틈도 주지 않고 미숙이 아버지 자전거는 다시 시냇물을 가르기 시작했다.

"떨어지지 않도록 꼭 잡아라!"

물속에서 자전거 바퀴에 부딪히는 조약돌 소리가 들렸다. 실뱀들이 떼로 몰려다니는 듯 고무바퀴가 물살을 가르며 길을 만들었다. 미숙이 아버지는 어둠을 휙휙 몰아내며 달렸다.

순동이는 미숙이 아버지 허리춤을 붙들고 안간힘을 쓰느라 다른 생각할 겨를이 없었다. 미숙이 아버지는 어쩌면 할머니 부탁으로 순동이를 마중 나온 것인지도 몰랐다. 엄마 없는 순동이가 불쌍해 할머니 부탁을 거절하지 못한 것이라고 짐작했다.

 자전거는 순식간에 달려 순동이 집 앞에 도착했다. 얼마나 빨리 달렸는지, 자전거를 멈춘 미숙이 아버지는 한동안 쌕쌕거렸다.

 그런데, 이상한 일이었다. 할머니 혼자 있는 집이 환하게 밝았다. 할머니는 기름이 아까워 혼자 있을 때는 절대로 불을 밝히지 않았다. 그런데 추녀 밑에도 등불이 걸려 있고 방문 앞에도 불이 켜져 있었다. 그뿐만이 아니었다. 무슨 일인지 동네 사람들까지 모여 있었다.

 숨을 돌린 미숙이 아버지가 자전거 위에 있던 순동이를 들어 내려놓았다. 그리고는 숨을 헉헉거리며 순동이에게 말했다.

 "순동아! 놀라지 말고 듣거라. 할머니가…… 돌아가셨단다."

 "……"

 미숙이 아버지는 순동이 손을 이끌고 서둘러 방으로 들어갔다.

순동이는 털털거리는 자전거를 타고 오느라 머릿속이 하얘진 것만 같았다. 조금 전 미숙이 아버지가 한 말이 무슨 소린지 이해할 수 없었다.

순동이는 아랫목에 하얀 보자기를 뒤집어쓰고 있는 것을 보았다. 할머니가 만든 새 이불 같았다. 올겨울 자신에게 주려고 하얀 목화솜으로 만든 새 이불을 아랫목에 펼쳐놓은 것이라고 짐작했다.

미숙이 엄마가 순동이를 끌어안으며 울음을 터뜨렸다.

"아이구! 이거 불쌍해서 어떡해. 할매까지 죽었으니 이걸 누가 돌보냐 말여. 지지리도 복 없는 놈. 니 할매도 그렇지 어떻게 널 두고 눈을 감았다니."

순동이는 비로소 방안의 냉기가 어디서 나오는 것인지 알 수 있었다. 욕쟁이 할머니, 술주정뱅이 할머니가 살아있다면 방안이 이토록 얼음장처럼 차갑지 않을 것이었다.

순동이는 천천히 아랫목으로 가 할머니를 덮고 있는 하얀 이불을 들췄다. 할머니는 웃고 있었다. 사납게 보이던 눈초리는 온화해졌고 욕지거리를 달고 살던 입가에는 평화로운 미소가 흘렀다. 할머니의 그런 따뜻한 얼굴은 처음이었다.

순동이는 할머니 얼굴에 가만히 손을 대 보았다. 할머니 얼굴이 얼음처럼 차가웠다. 너무 차서 손이 저절로 떨어졌다. 지켜보던 동네 사람들이 혀를 차며 한숨을 내뱉었다.

순동이는 슬프지 않았다. 할머니가 죽은 것이 맞는데도 엄마가 사라졌을 때처럼 눈물이 나지 않았다. 엄마도 할머니처럼 정직하게 순동이 눈앞에서 사라졌다면, 분하고 억울한 느낌은 들지 않았을 것이다.

이제 겨우 여덟 살이지만, 순동이는 할머니의 죽음이 무엇을 의미하는지 조금은 알 것도 같았다. 죽음은 이별이었다. 아버지와 엄마 할머니까지 모두 그렇게 떠나간 것이었다.

순동이는 울지 않았다. 모든 것이 어리둥절할 뿐이었다.

동네 사람들은 순동이가 놀라서 정신이 나간 것이라고 수군거렸다.

할머니가 죽은 뒤 순동이는 미숙이 아버지 자전거에 실려 미숙이네 집으로 갔다. 혼자 살 수 있다고 몇 번이나 고집을 부렸지만, 미숙이 아버지는 들은 척하지 않았다. 자전거를 타는 것은 좋지만, 미숙이와 한집에서 지내는 건 도무지 내키지 않았다. 그래서 안 가겠다고 고집을 부렸는데, 미숙이 아버지는 애초에 정해진 일인 양 순동이 말을 무시해 버렸다.

순동이는 결국 미숙이네 문간방에서 머슴과 함께 지내게 되었다.

몸에서 소똥 냄새가 진동하는 미숙이네 머슴은 저녁마다 술에 취해 순동이한테 주정을 했다. 그때마다 순동이는 죽은 할머니가 떠올랐다. 술에 취하면 순동이를 향해 욕을 퍼붓던 할머니가 생각나 공연히 눈물이 쏟아졌다. 할머니가 죽었을 때는 아무렇지도 않더니 시간이 지나면서 자꾸만 할머니가 그리워졌다. 미숙이네 머슴 때문이었다.

"너, 여기서 이렇게 살다가는 나처럼 머슴 된다. 머슴은 사람이 아니야, 삽이나 곡괭이처럼 일하는 기계야."

순동이는 밤마다 머슴이 늘어놓는 팔자타령을 들었다. 머슴은 그 소리를 반복하면서 주먹으로 방바닥을 치기도 하고 눈물을 닦기도 했다.

처음엔 머슴의 말을 그냥 술주정이라 생각해, 이불을 덮어쓰고 잠을 잤다. 머슴이 풍기는 지독한 술 냄새도 싫었다.

그런데도 머슴의 말은 자꾸 마음에 남았다. '머슴이 된다'는 말이 귓가에 맴돌았다.

순동이는 점점 머슴이 불쌍하다는 생각이 들었다. 술에 취해서 손찌검할 때는 죽이고 싶도록 밉지만, 팔자타령을 하며 울 때는 안타까웠다. 머슴은 한 번도 깨끗한 옷을 입고 장에 가는 걸 보지 못했다. 손톱과 발톱은 까맣게 죽어 있었고, 툭하면 미숙이 아버지한테 야단맞았다. 미숙이 엄마도 머슴이 밥을 많이 먹는다고 항상 지청구했다.

순동이는 그런 머슴이 되기 싫었다. 엄마 아빠가 없어 머슴처럼 티 나게 사는 그런 사람은 절대로 되고 싶지 않았다.

그러던 어느 날, 머슴은 취하지 않은 맑은 정신으로 앉아 순동이에게 얘기했다.

"너, 여기 있으면 안 돼! 미숙이 아버지가 너 머슴 만들려고 데려온 거야. 그냥 밥 먹여주는 거 아니다."

"정말 여기서 살면 머슴이 돼요?"

순동이가 벌떡 일어나 물었다.

"네 할머니 땅, 금반지도 다 그놈이 가져갔다."

순간, 순동이는 정신이 번쩍 들었다.

할머니도 순동이가 머슴이 되는 것은 바라지 않을 것이었다. 미숙이네 머슴처럼 새벽부터 밤늦도록 산과 들로 뛰어다니며 일만 하는 그런 머슴은 상상하기 싫었다.

순동이는 선생님이 되고 싶었다. 구김 없는 하얀 와이셔츠를 입고 아이들을 가르치는 선생님이 되면, 불쌍한 티도 나지 않을뿐더러 좋은 사람으로 살아갈 수 있을 것 같았다.

순동이는 밤새 잠이 오지 않았다.

머슴 말이 사실이라면 언제까지 미숙이네서 살 수 없었다. 순동이는 조용히 책가방을 꾸렸다. 아껴두었던 새 공책과 연필을 모두 챙겨 가방 속에 넣었다.

머슴은 여전히 코를 골며 자고 있었다. 그 모습을 본 순동이는 다시 가방을 열어 몽당연필 하나와 새 공책을 꺼내 머슴의 머리맡에 놓았다.

머슴은 숙제하는 순동이에게 글자를 물어본 적 있었다. 이름조차 쓸 줄 모르는 자신이 부끄럽다며 공부하는 순동이를 부러워했다. 순동이는 가슴에 꿈을 안고 조용히 문을 나섰다.

기적 소리

순동이는 날이 밝기를 기다렸다. 왜 진즉 외삼촌 생각을 하지 못한 것인지, 읍내서 옷 장사를 하는 외삼촌한테 가면, 머슴이 될지도 모른다는 걱정 따위는 하지 않아도 되었다.

추위가 물러나지 않아 찬 바람이 쌩쌩 불었지만, 외삼촌을 다시 만날 생각하니 추운 줄 몰랐다.

정확하지는 않지만, 순동이는 외삼촌 옷 가게가 어디쯤에 있는지 기억하고 있었다. 그곳에서 학교에 다니면 지각할 일도 없고, 시냇물에 빠지는 일도 없을 것이었다. 외삼촌과 함께 살면 매일 장 구경도 할 수 있고 가끔은 짜장면도 먹을 수 있을지 몰랐다. 전깃불이 있으니 밤에도 환할 것이고, 친구들한테 옷 가게 하는 외삼촌이 있다는 것도 자랑할 수도 있었다.

순동이는 기억을 더듬어 정육점 옆으로 나 있는 골목을 돌아 그릇 가게를 지나갔다. 다시 건어물 가게를 지나 짜장면집에서 잠깐 멈췄다가 과일가게 옆 골목으로 들어섰다.

가까이 외삼촌 옷 가게가 보였다. 순동이는 뛸 듯이 기뻤다. 헤매지 않고 단번에 외삼촌을 찾아온 자신이 대견스러웠다.

순동이는 볼 것도 없이 옷 가게로 뛰어들어 외삼촌을 불렀다.

"외삼촌!"

가게 안은 처음 왔을 때랑 똑같았다. 가게 입구에 놓여 있는 동그란 의자도 그렇고, 그 옆 조그만 나무 책상도 그대로 있었다. 한참 동안 올려다보았던 붉은 색 점퍼와 바지도 가게 중앙에 그대로 걸려있있나. 변한 것이 없는데, 외삼촌이 보이지 않았다. 동그란 의자에 앉아 있다가 놀라서 일어난 사람은 외삼촌이 아니라 뚱뚱한 젊은 여자였다.

"우리 외삼촌 어딨어요?"

겁이 덜컥 난 순동이는 어느새 울먹이고 있었다.

"외삼촌? 누구 말하는 거야……?"

팔짱을 낀 여자가 수상한 눈길로 순동이를 바라보았다.

"여기가 우리 외삼촌 옷 가게인데요…… 그때그때… 왔었어요."

순동이는 눈물을 삼키며 또박또박 말하려 했지만, 불길한 예감이 자꾸 목구멍까지 차올랐다. 순동이는 애써 머리를 흔들었다. 그럴 리 없었다. 외삼촌은 마지막 희망이었다. 순동이가 머슴이 되지 않고 선생님이 될 수도 있는 희망이었는데, 순동이는 눈물이 쏟아질 것 같아 젊은 여자를 똑바로 올려다볼 수가 없었다.

"아! 먼저 주인 말하는구나. 그 아저씨 얼마 전에 이 가게 나한테 넘기고 이사 갔는데, 넌 누구냐?"

"이사요?"

"그래, 이사 갔어."

순동이는 눈앞이 캄캄해졌다. 외삼촌을 만나려고 쉬지 않고 달려왔는데 이사를 갔다니 말도 안 되었다. 몇 번을 물었지만, 여자는 같은 대답을 했다.

"어디로 갔어요?"

순동이는 자꾸만 다리가 후들거렸다. 가슴이 터질 듯 아프며 입이 바짝바짝 말랐다.

"내가 그걸 어떻게 알아. 엄마한테 얘기는 하고 온 거야? 얼른 엄마한테 가!"

엄마 소리에 순동이는 눈물이 뚝 끊어졌다. 엄마 얘기는 하고 싶지 않았다. 이 모든 일이 엄마 때문이었다. 엄마만 사라지지 않았다면 할머니도 죽지 않고 외삼촌도 소리 없이 사라지지 않았을 것이었다.

　순동이는 순간 분노가 생기며 두려움이 사라졌다. 마지막 희망이던 외삼촌이 사라졌지만, 엄마에 대한 분노 때문인지 더는 겁이 나지 않았다. 엄마를 생각하면 세상의 모든 미움이 몰려와 마음이 사나워졌다. 분노와 시나움이 두려움을 이길 수 있다는 것을 엄마가 사라지고 나서 알게 되었다.

　순동이는 이제 자신 곁에 아무도 없다는 것을 깨달았다. 저절로 쏟아지는 눈물은 어쩔 수 없지만, 더는 겁에 질려 누군가를 찾는 불쌍한 아이는 되기 싫었다. 그래봤자 순동이에게 달려와 줄 사람은 없었다.

　"얘야, 다른 데 가지 말고, 집으로 가거라."

　옷 가게 여자의 목소리가 어깨너머로 길게 들려왔다.

순동이는 돌아보지 않았다. 한시라도 빨리 시장에서 벗어나고 싶었다. 순동이는 어디론가 무작정 걸었다. 시장 골목을 빠져나와 자동차가 다니는 신작로를 걸었고, 또다시 집들이 촘촘히 늘어서 있는 동네 어귀를 지나 논두렁 길을 걸었다. 어디선가 아침밥 냄새가 풍겨왔고 학교로 향하는 아이들의 발소리가 들려왔다. 그렇지만 순동이는 아무것도 못 듣는 양 무작정 앞을 향해 걸었다.

부-우-웅!

얼마쯤 걸었을까. 가까이서 기차 소리가 들려왔다. 순동이는 걸음을 멈추고 소리를 찾았다.

저만치 '신례원역'이라고 쓴 기차역이 보였다. 사람들이 역으로 가고 있었다.

순동이는 뛰기 시작했다. 기차를 타고 싶었다. 말로만 듣던 장항선이었다.

언젠가 할머니한테 서울에 가려면 신례원역에 가서 장항선을 타야 한다는 소릴 들은 적 있었다. 돈을 벌고 출세를 하려면 기차를 타고 서울로 가야 한다고도 했다. 기차는 순동이를 기다리고 있는 듯 계속해서 경적 소릴 냈다.

순동이는 마음이 급해졌다. 어쩌면 오래전부터 기차가 자신을 기다리고 있었다는 생각이 들었다. 순동이는 기차역을 향해 달렸다. 기차를 탄다고 생각하니 기분이 설렜다. 이런 기분이 미숙이네 머슴이 말한 희망 비슷한 것인지도 몰랐다. 순동이는 사람들 사이를 비집고 역사 안으로 들어갔다.

 신례원역은 장터보다 많은 사람으로 붐볐다. 줄을 서 있는 것도 같았고, 무질서한 상태로 조금씩 움직이고 있는 것도 같았다. 순동이는 숨 마힐 정도로 많은 사람들에게 떠밀려 기차에 올랐다.

 문득 홍수에 떠밀리지 않을 수 없는 것이 인생이라며 술주정하던 할머니 생각이 났다. 아버지가 아무리 용을 쓰며 살아남으려고 했지만, 전쟁이라는 홍수를 피할 수 없었고, 할머니 역시 순동이를 위해 오래 살고 싶지만, 가슴에 가득 찬 홍수 같은 화병을 다스리기는 어렵다고 입버릇처럼 말했다.

드디어 신례원역을 출발한 장항선이 힘차게 기적소릴 냈다.

순동이는 통로 구석에 낀 채로 서서 시끄러운 사람들을 구경했다. 목적지가 어딘지는 모르지만, 그들의 표정에선 여유로움이 묻어났다. 순동이처럼 혼자 있는 아이는 없었다.

순동이는 바로 앞 엄마 아빠와 나란히 앉아 있는 또래 아이를 바라보다가 선 채로 잠이 들었다.

구두닦이

 장항선을 타고 서울역에 도착한 날, 순동이는 자신보다 열 살은 많아 보이는 한 청년에게 끌려갔다. 청년은 순동이가 역사 밖으로 나와 두리번거리자 기다렸다는 듯 다가와 다짜고짜 할 얘기가 있다며 따라오라고 했다.

 반항할 틈도 없이 청년에게 팔을 잡혀 끌려간 곳은 어느 건물 지하실이었다. 어둡고 비좁은 지하실에선 구두약 냄새가 진동했다. 순동이는 처음 맡아본 고약한 냄새에 저절로 눈이 찌푸려졌다. 할머니가 띄우던 청국장이나 읍내 가축 시장에서 맡던 그런 냄새하고는 달랐다. 그 안에는 순동이 또래이거나 조금 더 나이가 들어 보이는 아이들이 무리 지어 서 있었다.

 순동이는 겁이 났다. 지하실의 분위기도 그렇지만 우호적이지 않은 아이들의 심상치 않은 태도 때문이었다.

 서울역에서 순동이를 끌고 간 청년은 '오광파'라는 무리의 대장이었다.

 "대장이 시키는 대로 무조건 따라야 해. 안 그러면 넌 죽어!"

 순동이 비슷한 또래의 한 아이가 건들거리며 말했다. 그러자 또 다른 아이가 키득거리며 한마디 내뱉었다.

"촌놈!"

순동이는 무섭고 겁이 났지만, 배가 고파서 서 있기조차 힘이 들었다. 오랜 시간 기차를 타고 오느라 몹시 지쳐서 그들이 무슨 얘기를 하는지 잘 이해되지 않았다. 당장은 두려움보다 배고픔이 더 컸다.

"배고파요……."

순동이가 배를 만지며 기어들어 가는 소리로 말하자, 모여 있던 애들이 낄낄거리며 말했다.

"겁대가리 없는 새끼, 뭐 배고파?"

부대장으로 보이는 애가 들고 있던 막대기로 순동이 등허리를 후려쳤다. 순동이는 그대로 주저앉고 말았다.

"이 새끼야! 앞으로 대장이 시키는 대로 무조건 하겠다고 똑바로 말해!"

순동이는 그제야 자신을 무섭게 쳐다보고 있는 대장의 존재를 느꼈다.

"아… 알겠어요. 시키는 일은, 다 할게요."

순동이는 떨리는 목소리로 말했다.

새벽부터 죽어라 논밭을 돌보던 미숙이네 머슴이 생각났다. 머슴도 미숙이 아버지가 시키는 대로 일했다. 미숙이 아버지가 게으름 피운다고 욕지거리를 해도 꼼짝 못했고, 낫에 손을 베여 피가 철철 흘러도 캄캄해질 때까지 일만 했다.

순동이는 등허리를 얻어맞고 나서야 자신도 머슴처럼 대장한테 시달리며 살게 될지 모른다는 생각이 들었다.

순동이 어깨를 툭툭 치며 말했다.

"저기 보이지? 앞으로 저 빌딩에 있는 양복쟁이들 구두 전부 다 벗겨와!"

순동이는 대장의 손가락이 가리키는 곳을 보았다.

손바닥만 한 창밖에는 고개를 발랑 젖혀야 볼 수 있는 높은 빌딩이 반짝거리며 서 있었다. 순동이는 유리빌딩이 신기해서 한참 동안 올려다보았다. 삼송 읍에서 본 건물들은 고작해야 이삼 층이었다. 그것도 거의가 벽돌이나 시멘트로 지은 낡은 집들이었다. 대장이 가리키는 유리빌딩하고는 비교가 안 되었다.

순동이는 서울에 왔다는 사실이 실감 났다. 순동이가 창문에 매달려 고개를 쳐들고 밖을 바라보자 아이들이 수군거렸다.

"저 촌놈, 티 내는 것 좀 봐라."

순간, 순동이는 얼른 창가에서 물러났다. 애들 말처럼 촌놈 티를 내기는 싫었다. 티를 내면 세상에 지는 것이라고 선생님은 말했었다.

순동이는 이를 악물었다. 여기서 버티고 살아남으려면 저 반짝이는 유리빌딩 사람들의 구두를 벗겨 와야 한다고, 그래야 밥을 먹을 수 있고 서울에서 살 수 있었다.

"……예, 그렇게 할게요."

그러고 보니 아이들 옆으로 죽 놓여 있는 구두통이 보였다. 순동이보다 작은 한 남자애가 구두통 위에 앉아 순동이를 쳐다보았다. 순동이는 비로소 지하실에 모여 있는 애들이 무슨 일을 하며 사는지 눈치를 챘다. 삼송 읍내서도 구두통을 메고 다니는 애들을 본 적 있었다.

말귀를 알아들은 순동이는 구두닦이 통을 조심스럽게 바라보았다. 낯설고 여전히 겁이 났지만, 공부보다는 쉬울 듯 보였다.

"저거 잘하면 진짜 밥 주는 거죠?"

순동이가 구두통을 가리키며 묻자, 대장이 말했다.

"하루에 스무 켤레씩만 가져와, 밥 먹게 해줄게. 도망칠 생각은 하지 마라. 잡히면 죽는다."

대장이 웃자 지켜보던 애들도 대장을 따라 웃었다. 순동이도 졸아들었던 마음이 조금 풀렸다.

그날부터 순동이는 대장과 또래 아이들로부터 '찍새 8'이라 불리게 되었다. 아무도 순동이에게 이름이 뭐냐고 묻지 않았고 어느 누구도 자신의 이름을 말하지 않았다. 대장과 부대장, 찍새 1호부터 8호, 딱새 1호부터 5호가 아이들의 이름이고 조직이었다. 찍새가 구두를 걷어오는 역할이고 딱새가 구두 닦는 역할이었다.

조직에 대한 대장의 훈시가 이어지는 동안 옆에 있던 누군가가 순동이 가방을 벗겼고 또 누군가는 들고 있던 보따리를 낚아채 갔다. 순동이는 반항하지 않았다. 대장과 또래 아이들이 시키는 대로 따를 뿐이었다.

순동이의 구두닦이 생활은 그렇게 시작되어 몇 년의 세월이 흘렀다. 서울에 처음 왔을 때는 작은 꼬마였는데, 그 사이 순동이는 훌쩍 자라 또래보다 어른스러워 보였다.

오늘도 순동이는 새벽같이 일어나 시야실에서 나왔다. 조금 더 자고 싶었지만, 부대장이 걷어차는 바람에 더는 누워 있을 수가 없었다. 찍새들이 빌딩을 돌며 구두를 걷어와야만 딱새들이 구두를 닦을 수 있었다.

다른 찍새 일곱 명과 지하실을 빠져나왔다. 다른 찍새들은 어느새 제 구역으로 흩어져 보이지 않았다. 순동이는 맞은편 유리빌딩으로 가기 위해 건널목 앞에 섰다.

순동이는 속이 헛헛했다. 밥은 하루에 딱 한 번 국수로 해결했는데, 그것도 구두를 제대로 걷어오지 못한 날은 먹을 수 없었다. 찍새와 딱새들은 구두를 걷어오고 닦을 뿐, 돈은 전적으로 대장과 부대장이 챙겼다.

신호가 바뀌길 기다리며 잔뜩 찌푸린 하늘을 올려다보던 순동이는 우뚝 서 있는 유리빌딩을 바라보았다. 언젠가는 순동이도 저런 높은 빌딩에서 멋진 양복을 입고 일해보고 싶었다. 건널목 앞에 설 때마다 빌딩을 바라보며 다짐하곤 했다.

그러나 지금 순동이의 바람은 매를 맞지 않는 것, 배를 곯지 않는 것이 먼저였다. 신호를 기다리는 순동이는 마음이 바빴다. 엊그제도 늦어서 다른 조직의 찍새들한테 일감을 빼앗겼다. 이 때문에 순동이는 성질이 지랄 같은 대장한테 코피가 터지도록 얻어맞아야 했다.

광화문 방향으로 가는 사거리는 언제나 자동차와 사람들로 북새통이었다. 순동이는 파란불이 들어오기 무섭게 빌딩을 향해 뛰어갔다. 말끔하게 차려입은 사람들이 빌딩 유리문으로 끊임없이 들어가고 있었다. 순동이도 재빠르게 사람들 속에 섞여 빌딩 안으로 들어갔다.

일 층부터 오 층까지가 순동이가 맡은 구역이었다. 순동이는 비상계단으로 잽싸게 오 층으로 올라가 사무실 문을 열었다. 오 층은 이느 무역회사의 총무과 사무실이었고, 직원 대부분은 나이가 지긋한 남자들이었다. 문 앞에는 젊은 아가씨가 한 명 앉아 있었다.

순동이는 구두를 닦는 약통과 솔, 천 조각들이 들어 있는 나무 상자를 어깨에 메고, 책상과 책상 사이를 조용히 걸어 다니며 의자 옆에 벗어 놓은 구두를 담았다. 미처 구두를 벗어 놓지 못한 사람에게는 눈짓으로 구두를 닦을지 물어 보았고, 눈짓을 보내도 반응이 없으면 얼른 지나쳤다. 혹시라도 일하는데 말을 시키거나 눈에 거슬리는 행동을 하면 당장 쫓겨나기 때문에 조심해야 했다.

오 층부터 삼 층까지 돌며 닦을 구두를 챙긴 순동이는 다시 이 층 사무실로 향했다. 이 층에는 뉴욕제화라는 회사가 있었다. 뉴욕제화 사장님은 하루도 거르지 않고 순동이에게 구두를 벗어주는 고마운 사람이었다.

오늘은 새 물건이 들어온 것인지 사무실 입구에 아직 뜯지 않은 새 박스가 가득 쌓여 있었다. 이 많은 구두를 누가 사 가는지는 알 수 없지만 순동이는 뉴욕제화의 구두를 볼 때마다 이상하게 마음이 서글퍼졌다. 찍새 3호가 신다 준 낡은 운동화 때문인지도 몰랐다.

하지만 언젠가는 멋진 구두를 신을 날이 올 것이고, 그때는 찍새가 아니라 김순동이라는 이름으로 불릴 것이었다. 순동이는 이곳에 올 적마다 그런 날을 위해서 배고픔과 고단함을 참고 견뎌야 한다고 되뇌었다.

순동이는 끙끙거리며 커다란 박스를 정리하는 직원을 바라보다가 문 앞에 차곡차곡 쌓여 있는 박스 하나를 들어 진열장 옆에 놓아주었다.

"야, 너 보기보다 힘 좋구나."

사무실 안쪽에 앉아 있던 사장이 다가오며 말했다. 순동이는 쑥스러워 얼굴이 빨개졌다.

"구두 여기 있다, 깨끗하게 닦아오너라."

뉴욕제화 사장님이 기다란 안경을 콧등 위로 올리며 구두를 건네주었다.

"네, 사장님."

순동이는 기분 좋게 웃어가며 구두를 받았다.

사장님이 순동이에게 말을 건넨 것은 처음이었다. 사장님은 사무실을 비울 때도 순동이가 구두를 가져갈 수 있도록 늘 같은 자리에 놓아두곤 했다. 궁금한 것은 구두회사 사장님이니 구두를 맘대로 골라 신을 수 있을 텐데, 사장님은 검정 구두 두 켤레를 번갈아가며 신었다. 두 켤레 모두 가죽이 닳아서 얇아졌는데도 새 구두로 바꿔 신지 않는 걸 보면 무척이나 구두쇠라는 생각이 들었다.

이 층에서 두 켤레의 구두를 더 걷은 순동이는 후다닥 일 층으로 내려갔다. 일 층 한 군데만 더 돌면 오전 일은 끝이었다.

그러나 순동이가 일 층에 도착했을 때 삼광파의 찍새가 구두를 한 아름 안고는 보란 듯이 순동이 옆을 지나갔다. 그 모습을 보니 대장의 얼굴이 떠올라 순동이는 화가 솟구쳤다. 순동이가 구역을 빼앗긴 걸 알면 대장이 가만히 있지 않을 것이었다. 국수를 먹지 못해 굶는 것은 물론이고 부대장까지 가세해 피멍이 들 때까지 때릴 것이 분명했다.

순동이는 빌딩을 빠져나가는 찍새를 뒤쫓았다. 어떻게 해서든 구두를 다시 빼앗아야만 했다. 순동이는 그 아이를 따라 빌딩 뒤쪽 골목으로 한참을 뛰어갔다. 막다른 골목에 이르자 삼광파 조직인 듯한 대여섯 명의 딱새들이 나란히 앉아서 구두를 닦고 있었다.

제 편의 아이가 순동이한테 쫓기는 것을 본 아이들이 일제히 일어나 순동이를 에워쌌다. 처음 당하는 일이 아닌데도 순동이는 겁이 났다. 아이들이 한꺼번에 달려들면 실컷 두들겨 맞을 것이 뻔했다. 그렇다고 그냥 돌아갈 수도 없고, 순동이는 마음을 단단히 먹고선 눈을 크게 부릅떴다.

"개새끼들! 내 밥그릇에 손대지 말랬지!"

얼마나 크게 소리쳤는지 순간, 순동이를 둘러싸고 있던 아이들이 주춤하며 한 걸음씩 물러섰다. 전처럼 멍청하게 당할 수는 없었다. 순동이는 한 번 더 아이들을 향해 소리쳤다.

"일 층에서 걷어온 구두 빨리 내놔!"

조금 전 순동이한테 쫓겨 도망쳐 온 아이가 순동이를 피해 눈을 돌렸다. 구두 쥔 손이 떨리는 것도 같았다.

순동이는 구두를 되찾을 수 있디는 생각에 한 번 더 소리쳐 아이들의 기를 죽일 참이었다. 그러나 아이들 뒤쪽에서 커다란 머리통 하나가 쑥 올라왔다. 그 머리통의 주인은 아이가 아니라 어른이었다.

사납고 다부지게 생긴 청년이 순동이를 향해 걸어오더니 보기 좋게 귀싸대기를 올려붙였다. 삼광파 대장이었다. 순동이는 눈 깜짝할 사이에 일어난 일이라 몸의 균형을 잡지 못해 땅바닥으로 나자빠지고 말았다.

이를 본 아이들의 태도가 금세 달라졌다. 겁을 먹었던 아이들이 바로 달려들어 순동이를 마구 때리기 시작했다. 청년은 그냥 지켜만 보았다. 순동이가 비명을 지르며 살려달라고 해도 담벼락에 기대서 실실 웃기만 했다.

　순동이는 이러다 죽는 것은 아닌가 무서웠다. 어떤 아이는 구두로 사정없이 내리쳤고 또 어떤 아이는 구두통으로 짓눌렀다. 옆구리가 터질 듯 아파서 데굴데굴 구르며 울었지만, 아무도 순동이를 구하러 오지 않았다.

　뿌옇게 흐려진 눈앞으로 할머니 같기도 하고, 엄마 같기도 한 얼굴이 스쳐 갔지만 그뿐이었다. 엄마나 할머니라면 득달같이 달려와 아이들로부터 순동이를 지켜줬을 텐데, 따뜻한 손을 내밀어 주는 사람은 없었다.

　순동이가 널브러져 꼼짝달싹 못 하자 청년이 말했다.

　"이제 그만해."

　벌떼처럼 달려들었던 아이들이 청년의 말 한마디에 순동이에게서 뚝 떨어졌다.

"너, 앞으로 대진빌딩 일 층하고 이 층은 손대지 마, 알았어?"

정신이 아득해지는데도 청년의 목소리는 또렷하게 들렸다. 대진빌딩 일 층과 이 층을 빼앗긴다면 대장이 가만히 있지 않을 것이었다. 청년한테 맞아 죽으나 대장한테 맞아 죽으나 마찬가지였다.

순동이는 흐르는 피를 닦아내며 간신히 일어나 앉았다.

"안 됩니다. 거긴 제 구역입니다."

죽을힘을 다해 청년에게 내뱉은 말이었다. 아이들은 좀 전 청년이 했던 대로 순동이를 내려다보며 실실거렸다.

"뭐라고? 이 새끼가 죽으려고 환장했나! 아직 정신을 덜 차린 모양인데, 구역은 힘센 놈이 정하는 거야. 이 구역 통째로 갖고 싶으면 힘을 길러 새끼야, 알았어?"

청년이 발길을 돌리자, 아이들도 언제 그랬느냐는 듯 돌아갔다.

그동안 여러 차례 시비가 있었지만, 오늘처럼 죽도록 맞은 것은 처음이었다. 청년 말대로 청년의 힘이 세진 탓이었다. 전에는 순동이 대장한테 꼼짝 못하고 도망 다니더니, 어느새 대장보다 힘이 세져 순동이 구역을 위협하고 있었다.

한눈에 봐도 대장이 청년을 대적하기는 어려워 보였다. 순동이네 대장도 이쪽 동네서는 만만치 않다는 소릴 들을 정도로 힘이 센데 청년만은 못했다. 그것은 머지않아 오광파가 삼광파한테 이 구역 전체를 내줘야 한다는 뜻이기도 했다. 삼광파 대장 말대로 힘이 세지 못하면 밀리거나 떠나야 하는 게 이 구역 찍새와 딱새들의 숙명이었다.

순동이는 흐르는 코피를 손등으로 닦아낸 뒤 절뚝거리며 골목을 빠져나왔다. 걸을 때마다 얻어맞은 종아리가 시큰거리며 아팠다. 나머지 구두라도 가져다 딱새들한테 넘겨줘야 하는데 모든 것이 다 귀찮았다.

언젠가는 찍새에서 딱새로 승진도 하고, 그다음에는 부대장이 되고 또 대장이 될 수도 있다고 생각했는데, 삼광파 애들한테 얻어맞고 나니 자신이 없었다.

순동이는 구두통을 간신히 어깨에 메고는 근처 공원으로 갔다. 공원에는 수돗물이 있어 배가 고프면 실컷 마실 수 있었고, 지하실에서 해결 못 한 똥도 변소에서 눌 수 있었다.

공원은 따뜻한 봄 햇살로 가득했다. 목련은 꽃봉오리를 터트릴 듯 팽팽하게 부풀었고, 수돗가의 개나리는 군데군데 노란 꽃잎을 매달고 있었다.

순동이는 고개를 푹 숙인 채 수돗가로 걸어가 수도꼭지에 입을 댔다. 차디찬 수돗물을 아무리 들이켜도 허기진 배는 채워지지 않았다. 주머니 속 동전 몇 개로는 끼니를 해결할 수 없었다. 가까운 식당 골목에서 풍겨오는 밥 냄새에 시장기는 갈수록 더했고, 얻어맞은 몸은 이 무리 가려도 표시가 났다.

순동이는 옷깃을 바싹 여미고는 나무의자에 앉았다. 아무 생각도 하기 싫었다. 배가 고프고 팔다리가 쑤셔, 대장한테 혼이 날 생각조차 들지 않았다. 의자에 웅크리고 앉은 순동이는 쏟아지는 봄 햇살을 받으며 깜박깜박 졸았다. 누군가 어깨를 건드리지 않았다면, 그대로 벤치 위에서 잠이 들고 말았을 것이다.

"여기서 잠들면 어떡하니?"

순동이를 깨운 사람은 중년의 아저씨였다. 순동이는 모든 것이 귀찮아 아무 대꾸도 하지 않았다.

아저씨가 다시 한 번 순동이를 흔들며 말했다.

"너, 배고프구나?"

순동이는 자신도 모르게 고개를 끄덕였다.

"나하고 밥 먹으러 가자."

아저씨가 팔을 잡아당겼다. 순동이는 못 이기는 척 벤치에서 일어섰다.

순동이를 데리고 간 곳은 공원 근처 설렁탕집이었다. 가게 앞 가마솥에서 하얀 김이 펑펑 솟아나고 고기 냄새가 진동했다. 아저씨는 순동이가 설렁탕집 의자에 앉을 때까지 잡은 손을 놓지 않았다.

마침내 순동이 앞으로 설설 끓는 설렁탕 그릇이 놓였다. 순동이는 아무도 신경 쓰지 않고 숟가락을 들었다. 서울에 온 이후 뜨거운 국에 밥을 먹는 것은 처음이었다. 언제나 가락국수 아니면 안남미로 지은 푸슬푸슬한 밥에 김치 한 가지가 전부였다.

 순동이는 뜨거운 국그릇이 바닥을 보일 때까지 정신없이 퍼먹었다. 아저씨가 빙긋이 웃으며 순동이 국그릇에 자신의 밥을 덜어 주었다. 아무리 먹어도 배가 채워지지 않을 것 같았는데, 아저씨가 덜어준 밥을 먹고 나서야 순동이는 큰 소리로 트림했다.

"내가 누군지 모르겠니?"

 아저씨가 숟가락을 내려놓는 순동이에게 말했다. 순동이는 무슨 소린가 싶어 아저씨를 똑바로 바라보았다.

"어…… 사장님!"

 아저씨는 대진빌딩 2층에 있는 뉴욕제화 사장님이었다. 아까도 만났는데, 사장님을 알아보지 못한 순동이는 미안한 마음에 피식 웃었다.

"일이 힘든 모양이구나?"

사장님이 순동이 얼굴을 빤히 쳐다보며 물었다. 순동이는 시커멓게 튼 손등을 식탁 밑으로 내리고는 아무 말도 하지 않았다.

 순동이는 몇 번이나 도망치려 했지만 쉽지 않았다. 서울역에는 대장의 수하들이 언제나 지키고 있었고, 돈이 없어 신례원으로 가는 열차표도 구할 수가 없었다. 친하게 지내던 한 찍새도 대장한테서 벗어나는 것은 도저히 불가능한 일이라고 했다. 더 큰 다음에 대장을 이길 수 있는 힘이 생기면, 그때 도망치자고 했다.

 순동이는 뉴욕제화 사장님의 말에 마음이 뭉클해졌다. 아무도 이런 말을 해준 적이 없었다.

 '괜찮아요'라고 말하려 했지만, 그동안 꾹꾹 눌러왔던 설움이 솟구쳐 목이 멘다. 순동이는 눈물을 참느라 아무런 대답도 할 수 없었다.

"……."

사장이 순동이의 어깨를 말없이 다독여 주자 머쓱해진 순동이는 재빨리 눈물을 훔치며 말했다.

"사장님 국밥 정말 맛있게 잘 먹었어요."

순동이는 주섬주섬 일어나 사장님께 힘껏 인사 했다.

"너, 구두 만드는 기술 배워볼래?"

뜻밖의 말에 순동이는 얼떨떨한 목소리로 되물었다.

"네? 제가요?"

"구두에 관심이 많은 것 같더구나. 우리 회사 일도 도와주고, 구두에 대해 꼬치꼬치 묻는 거 보니 다른 애들하고 다른 것 같더구나……."

순동이의 표정을 잠시 살피던 사장은 다시 말을 이었다.

"구두 닦는 일보다 훨씬 어렵지만, 열심히 기술을 배우다 보면 가게도 내고 나중에 큰 회사도 차릴 수 있단다."

"정말요?"

"그럼! 쉬운 일은 아니지만 한 번 해볼만 하단다. 언제까지 찍새 노릇이나 하면서 살 수는 없잖니."

순동이는 문득 선생님이 떠올랐다. 티를 내며 살면 세상에 지는 거라고 말해준 사람은 선생님이었다. 부족한 것은 부끄러운 일이 아니지만, 부족한 표시를 내 사람들로부터 동정이나 비난받는 것은 부끄러운 일이라고 했다.

순동이는 사장님한테 똑같은 소리를 들으니 부끄러웠다. 찍새 노릇이 부끄러운 것이 아니라, 자신을 돌보지 않은 것이 부끄러웠다.

순동이는 결심했다.

"사장님! 저, 구두 만드는 기술 배우고 싶어요."

순동이는 사장님을 똑바로 바라보며 말했다.

"그래, 잘 생각했다. 너는 훌륭한 기술자가 될 거야."

순동이는 고개를 끄덕거렸다. 사장님이 왠지 오래전 선생님처럼 느껴졌다. 사장님 말대로 구두 만드는 기술을 배우면, 지금처럼 찍새 노릇하며 얻어맞거나 도망치며 살지는 않을 것이었다.

고향을 떠난 뒤 누구의 말도 듣지 않았던 순동이는 처음으로 사장님의 따뜻한 눈빛에 귀를 기울였다.

제화공이 된 순동이

뉴욕제화 사장님이 소개한 구두공장은 명동의 허름한 주택가 골목 안에 있었다. 구두공장에 간 순동이는 시끄러운 망치 소리보다 코를 찌르는 접착제 냄새에 정신이 아찔해졌다. 대여섯 개의 계단을 내려간 반지하에는 수십 개의 희뿌연 백열등이 대롱거렸고, 그 불빛 아래에 사람들이 줄지어 앉아 구두를 만들고 있었다.

순동이는 자신도 모르게 진열장 앞으로 걸어가 새 구두를 만져보았다. 찍새 노릇을 하면서 숱한 구두를 만져보았지만, 이렇게 반짝거리는 새 구두는 처음이었다. 볼수록 신기했다. 허름한 공장에서 이토록 멋진 구두를 만들어 내다니, 아무리 봐도 믿기지 않았다.

순동이가 구두에 정신이 팔려있는 사이 늙은 공장장 박 씨가 나타나 순동이 어깨를 잡아끌었다.

"이놈아, 네 놈 자리는 여기가 아니고 저기야."

공장장이 순동이를 끌고 가 앉힌 곳은 물이 반쯤 차 있는 양동이 옆이었다. 바로 곁에는 순동이보다 한두 살 더 들어 보이는 남자애가 숫돌에 칼을 갈고 있었고, 그 옆으로 동그란 나무 의자 하나가 비어 있었다. 그곳이 순동이 자리였다.

순동이는 빈 나무 의자에 앉아 공장장이 내미는 칼 한 자루를 받아들었다. 두툼한 나무 손잡이 끝에 직사각형 모양의 날이 달려 있었다.

공장장은 무심하게 힌미디 던졌다.

"번쩍거리게 갈아라!"

옆자리 아이가 흘깃 쳐다보며 웃었다. 순동이는 난감해서 칼자루만 쥔 채 앉아 있었다. 칼 가는 방법조차 가르쳐주지 않고 사라진 공장장이 야속했다.

옆자리 남자애도 더는 순동이한테 관심이 없는 듯 제 할 일만 했다. 냄새 때문에 눈은 매웠고 여기저기서 들려오는 망치 소리에 귀까지 얼얼했다. 뉴욕제화 사장님이 소개한 공장이라 기대했는데, 순동이는 다시 기운이 빠졌다.

그때, 옆에서 나지막한 콧노래가 흘러나왔다. 옆자리 아이가 시커먼 숫돌에 칼을 갈며 흥얼거고 있었다. 순동이는 그 애가 신기하게 보였다.

"너는 칼 가는 일이 재밌냐?"

순동이는 화가 나서 물었다. 그 아이도 자신처럼 구두 만드는 기술을 배우러 왔을 텐데, 칼이나 갈며 노래를 부르다니 한심한 생각이 들었다.

"재밌어, 너도 해봐."

"그럼, 기술은 언제 배우니?"

"이것도 기술이야. 칼이 잘 들어야 좋은 구두를 만들 수 있거든. 공장장이 그러는데, 세상에는 하찮은 인간은 있어도 하찮은 일은 없대."

그 애는 제법 진지한 말투로 말했다. 듣고 싶은 대답은 그게 아닌데, 순동이는 그저 답답하기만 했다.

순동이는 멍하니 앉아 옆자리 아이가 칼 가는 모습을 한참 바라보았다. 그러다 그 애가 하는 대로 숫돌에 물을 끼얹고 칼을 갈기 시작했다.

무딘 칼날이 숫돌에 닿으면서 묘한 소리를 냈다. 위로 아래로 움직이며 리듬 타는 소리가 마치 '칙-칙-폭-폭' 하는 기차 소리 같았다.

순동이는 남자애가 왜 흥얼거리며 칼을 가는지 조금은 이해되었다. 뭉툭했던 칼날이 윤이 나며 벼려졌다. 순동이는 조금씩 자신이 뭔가 해내고 있다는 자신감이 피어났다. 처음으로 느껴보는 감정이었다.

"오! 이 녀석 세입인데…."

느닷없이 나타난 공장장이 순동이에게 말했다.

순동이는 뜻밖의 칭찬에 어안이 벙벙했다. 그냥 옆의 아이를 따라 했을 뿐인데, 공장장이 잘한다고 말해주니까 쑥스러웠다.

옆자리 남자애가 순동이의 마음을 읽은 듯 툭 치며 말했다.

"좋냐? 너무 좋아하지 말아라, 그래봤자 꼴찌 수습생일 뿐이야. 네가 구두를 만들려면 십 년은 더 걸릴걸."

"그게 무슨 소리야?"

순동이가 놀라서 물었다.

"나는 일 년째 칼만 갈고 있고, 저 형님은 일 년째 풀칠만 하고 있어. 또 저 형님은 삼 년째 가위질만 하고 있고, 저기 저 형님도 일 년째 깔창만 붙이고 있지. 하지만 나쁘진 않아. 밥도 먹여주고 잠도 재워주니까."

남자애는 별 불만이 없어 보였다. 종일 숫돌에 칼만 잘 갈아도 밥을 주고 잠을 재워주니 이보다 더 나은 곳은 없다고 했다.

하지만 순동이는 그렇게 생각하지 않았다. 꼭 구두 만드는 기술을 배워서 최고의 기술자가 되고 싶었다. 뉴욕제화 사장님처럼 진짜 사장이 되는 게 순동이 꿈이었다.

"게으른 놈은 십 년 걸리지만 부지런한 놈은 오 년 걸릴 수도 있단다. 세상은 죽기 살기로 덤비는 놈한테는 못 당하는 법이지."

순동이에게 관심 없는 듯하던 늙은 공장장이 가죽을 들고 지나가다 순동이의 칼날을 힐끔 보더니, 퉁명스럽게 한마디 던졌다.

늙은 공장장의 말은 왠지 진실일 것 같았다. 겉모습은 험상궂어 보이고 불친절한 듯 말하지만, 공장장의 말속에는 뭔가 중요한 사실이 들어있는 것 같았다.

구두공 아이들과는 금세 친구가 됐다. 찍새 노릇하면서 만난 애들하고는 달랐다. 사나워 보이지도 않고 욕심이 많아 보이지도 않았다.

일 년째 칼만 갈고 있다는 옆자리 아이가 또 말을 걸었다.

"야, 너 찍새 하다 왔지?"

순동이는 깜짝 놀라 쳐다보았다.

"그걸 어떻게?"

"임마, 나도 청량리서 찍새 했어. 우리 사장님이 찍새 아니면 딱새들 데려다 구두 만드는 기술 가르치는 선수란다. 그래봤자 대부분 몇 달 못 버티고 나가는데 뭐 하러 그러는지 모르겠어."

옆자리 친구는 자신을 명훈이라고 소개하며 청량리서 제법 놀았다고 어깨를 으쓱거렸다. 순동이는 그런 명훈이가 귀엽기도 하고 유치하다는 생각도 들었지만, 자신과 같은 일을 했다는 말에 왠지 친근하게 느껴졌다.

"그럼, 여기서 진짜 사장이 되어 나간 사람은 없어?"

순동이는 그게 가장 궁금했다. 그토록 많은 사람이 들락거렸다면 분명 최고의 구두기술자가 생겼거나 구두 가게를 차려 성공한 사장이 나왔을 것이었다.

"한 사람 있다는 소리는 들었어. 깔창 붙이는 형님이 그러는데 무슨 구두회사 사장님이 여기 출신이래. 구두 만드는 기술을 배워서 성공한 거래."

명훈이는 순동이와 얘기하면서도 능숙하게 칼을 갈았다. 보지 않고도 통 속의 물을 꺼내 숫돌에 뿌리며 칼 가는 소리를 멈추지 않았다. 순동이는 명훈의 말에 귀가 번쩍했다.

"그래! 진짜로 여기서 사장이 나왔단 말이지?"

"그렇대."

명훈은 순동이가 왜 그리 진지한지 이해할 수 없다는 듯 한마디 던지고 변소에 간다며 갈던 칼을 내려놓았다.

순동이는 명훈이의 말이 크게 다가왔다. 명훈이가 거짓말하는 것 같지 않았다. 공장장도 하기 나름이라고 했던 것처럼, 순동이도 열심히 하면 사장이 될 수 있을 것이었다.

순동이는 변소에 가는 것조차 잊어버린 채 열심히 칼을 갈았다. 하루가 어떻게 지나갔는지 모르게 저녁이 찾아왔다.

순동이는 명훈이를 따라 공장 한쪽에 있는 작은 방으로 갔다. 그곳에는 또 다른 수습생 두 명이 더 있었다. 한 명은 구두에 사포질하는 동주라고 했고, 또 한 명은 풀칠하는 기태라고 했다. 둘은 순동이보다 두세 살은 더 있어 보였고, 덩치도 제법 컸다.

찍새 시절 나이 많은 형들한테 늘 얻어맞았던 순동이는 몸이 저절로 움츠러들었다.

"쫄지 마. 우리 나쁜 애들 아니야."

순동이가 쭈뼛거리며 서 있자 사포질하는 동주가 말했다.

"순동아 괜찮아, 좋은 형들이야."

명훈이가 순동이를 잡아끌며 말했다.

순동이는 그제야 동주와 기태가 있는 방으로 들어가 저녁상 앞에 앉았다. 밥은 끼니 때마다 공장장 부인이 가져다준다고 했다. 배추김치와 콩자반, 된장찌개가 놓인 밥상 위에는 세 사람이 먹고도 남을 만큼의 밥이 양푼 가득 담겨 있었다. 서울에 올라온 뒤 처음 받아보는 밥상이었다. 순동이는 잠깐 엄마와 할머니가 차려주던 밥상이 떠올라 목구멍이 따끔거렸다.

순동이는 명훈이 옆에 앉아 밥을 먹었다. 처음 먹어보는 음식인 양 김치도 맛있고 콩자반도 맛있어 눈물이 날 지경이었다. 명훈이와 기태, 동주 역시 아무 말 없이 조용히 밥 먹는 데만 열중했다. 밥상 위의 음식들은 빠르게 비워졌다. 네 사람이 트림하며 물러나 앉았을 때는 밥그릇에 밥알 하나 보이지 않았다.

"등 따습고 배부른 게 최고야."

명훈이가 기분 좋게 말했다.

"기술자 되면 월급도 주고 학교도 보내준대."

이번에는 기태가 말했다.

조용히 듣고 있던 동주가 순동이에게 물었다.

"순동이는 꿈이 뭐냐?"

배가 불러 슬슬 잠에 빠져들던 순동이는 꿈이 뭐냐고 묻는 동주의 말에 정신이 번쩍 들었다.

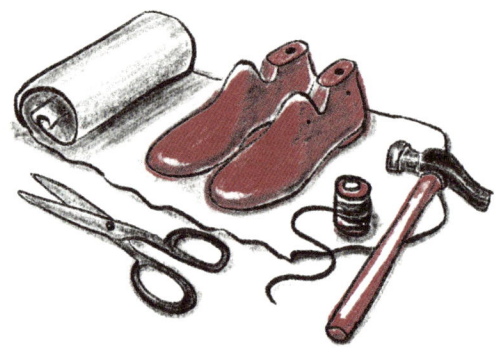

순동이의 진짜 꿈은 선생님이지만 이제는 구두회사 사장이 되고 싶었다. 선생님은 공부를 많이 해야 할 수 있는데, 순동이는 학교에 다니지 않아 그건 불가능한 꿈이 되었다.

하지만 구두회사 사장은 될 수 있었다. 지금처럼 열심히 공장에서 일하면 기술자가 될 것이고, 훌륭한 기술자가 되어 돈을 벌면 꼭 구두회사를 차려 사장이 될 것이었다.

순동이는 한 번도 입 밖으로 꺼내지 않은 꿈을 털어놨다.

"나는 구두를 잘 만드는 최고의 기술자가 될 거야. 그다음에는 구두회사를 차려서 많은 사람이 내가 만든 구두를 신게 할 거야. 시골 아이들도 고무신 말고 구두를 신을 수 있게 싸고 좋은 구두를 만들어서 팔 거야. 그런 다음에는……"

"너, 꿈 한번 거창하다. 촌놈이 사장이 되겠다고?"

기태가 순동이를 바라보며 어이없는 표정을 지었다. 명훈이와 동주도 순동이의 꿈 이야기가 재밌는 듯 마주 보며 키득거렸다.

순동이는 배가 부른 탓인지 그들의 태도가 기분 나쁘지 않았다. 자신을 친구와 동생으로 받아주고 밥도 함께 먹을 수 있어 좋기만 했다.

"그럼, 형은 꿈이 뭐야?"

순동이가 묻자, 동주는 방바닥에 길게 드러누우며 말했다.

"나는 엄청나게 큰 중국집을 차릴 거야. 서울에서 최고 큰 중국집을 차려서 매일 짜장면과 짬뽕을 팔아 돈을 벌 거야. 고향 집에 있는 것보디 더 크게 차려서 우리 엄마 아버지 동생들에게 매일 짜장면을 먹게 할 거야."

동주는 꿈 이야기를 하다 잠이 들었다. 명훈이와 기태도 어느새 잠이 들었는지 말이 없었고 순동이만 아직 잠들지 못하고 있었다.

동주가 말한 짜장면이 이상하게 마음에 걸리면서 생각하고 싶지 않은 엄마가 아른거렸다. 순동이도 엄마가 도망가 버리지 않았다면 동주처럼 엄마 얘기를 할 수 있는데, 순동이는 자신을 버리고 도망친 엄마를 용서하기 싫었다. 할머니도 그렇고 외삼촌도 그렇고, 순동이한테는 모두 상처를 준 사람들이었다.

순동이는 잠이 오지 않아 잠시 밖으로 나왔다. 자꾸만 떠오르는 고향 생각을 떨쳐버리고 싶었다. 장항선에 올라타는 순간, 순동이는 엄마도 할머니도 모두 잊어버리자고 다짐했다. 그리고 지금까지 한 번도 입 밖으로 엄마를 찾지 않았다.

가슴속의 보름달

다른 아이들이 칼질만 1년 넘도록 하고 있을 때, 순동이는 몇 달 만에 숫돌질을 끝냈다. 이어 맡은 사포질 역시 다른 아이들보다 빨리 기술을 익혔다. 손끝이 까지고 목이 칼칼했지만, 사포질이 제대로 되어야 풀칠이 성공한다는 걸 알았기에 반년 동안 이를 악물고 버텼다.

공장장은 그런 순동이의 손재주를 1년 가까이 눈여겨보았다.

"이놈 봐라, 제법이네. 너는 오늘부터 풀칠해라."

풀칠은 냄새가 지독한 접착제를 말했다. 밑창과 중창을 풀칠하는 일은 구두 만드는 공정 중 거의 마지막 단계였다.

공장장은 순동이라면 충분히 해낼 수 있다며 풀칠을 맡겼다. 또래들보다 손도 빠르고 타고난 감각이 있다며 주의 깊게 지켜보던 터였다.

순동이는 기뻐서 소리치고 싶었다. 그러나 명훈이와 기태, 동주를 생각해 빙긋이 미소만 지었다.

명훈이는 질투는커녕 그럴 줄 알았다면서 순동이를 자랑스럽게 생각했다. 기태와 동주도 잘해보라며 순동이를 응원했다.

그날부터 순동이는 가죽에 풀칠하는 상급 수습생이 되었다. 순동이 밑으로 또 다른 하급 수습생 둘이 들어와 숫돌에 칼을 갈았다. 명훈이도 승진을 해 칼을 가는 대신 사포질하는 기술을 배우게 되었다.

순동이는 구두 만드는 기술을 하나씩 배울 때마다 가슴이 벅찼다. 칼을 갈 때도, 사포질할 때도 그랬지만, 밑창에 풀칠할 때마다 모양을 갖춰가는 구두를 보니 신기하기만 했다.

풀칠은 칼을 가는 일보다 몇 배 더 세밀하고 정확하게 해야 하는 일이었다. 자칫 가죽에 풀칠이 덜 되면 구두 모양새가 일그러져 다음 공정에 문제가 생겼다. 순동이는 지독한 접착제 냄새를 맡아가며 중창과 밑창에 풀칠했다. 가끔은 풀을 너무 많이 발랐거나 너무 적게 발라 공장장한테 혼이 나기도 했지만, 순동이는 기죽지 않았다. 공장장은 엄격하면서도 따뜻해서 아무리 꾸지람을 들어도 기분 나쁘지 않았다.

순동이는 공장 식구들이 모두 돌아간 뒤 혼자 작업대에 앉아 풀칠을 계속했다. 구두를 신는 사람들이 늘어나면서 공장은 전보다 더 바쁘게 돌아갔고, 주문이 밀릴 때는 야근도 해야 했다.

순동이는 야근이 없는 날에도 늦게까지 공장에 남아 구두가 만들어지는 공정을 살펴보았다. 가죽을 자르고 재단하는 가위부터 실과 바늘 하나까지 신기하고 궁금한 것투성이였다.

특히 가죽에 대한 호기심이 컸다. 어떻게 동물의 껍질이 반들반들한 가죽으로 변해 구두가 될 수 있는 것인지 알고 싶었다. 어느 것이 소가죽이고 말가죽인지 알고 싶었고, 악어가죽과 돼지가죽은 어떻게 구별하는지도 알고 싶었다.

순동이는 가죽들을 만져보기 위해서 공장 한구석에 있는 선반 위로 올라갔다. 공장장과 작업 반장만 손을 댈 수 있는 물건이라 서둘러야 했다. 순동이는 색과 무늬, 질감이 제각각인 가죽들을 한 장 한 장 만져보았다. 이 부드러운 가죽을 동물한테 얻었다는 사실이 믿기지 않았다. 소와 돼지는 숱하게 봐왔지만, 악어와 사슴 같은 동물은 본 적이 없어 더 호기심이 발동했다.

순동이가 가죽에 정신이 팔려있을 때, 누군가 공장 문을 열고 들어왔다. 공장장이었다.

"여기서 뭐하냐!"

공장장이 큰 소리로 말했다. 순동이는 도둑질하다 들킨 양 깜짝 놀랐다.

"저기, 가죽이 너무 궁금해서 만져봤어요……."

"이놈아, 가죽을 만지려면 삼 년은 더 배워야 하는데, 어서 내려오지 못해!"

선반 위에 서 있던 순동이는 허둥지둥 내려왔다. 어쩌면 공장장한테 머리를 쥐어 박히거나 공장에서 쫓겨날지도 몰랐다. 잔뜩 긴장한 순동이는 잘못을 빌기 위해서 공장장 가까이 다가갔다.

"잘못했습니다, 다시는 안 그럴게요."

그러나 공장장의 부드러운 목소리가 들렸다.

"가죽 만져보니까 어떤 느낌이 들더냐?"

잔뜩 긴장하고 있던 순동이는 참았던 숨을 내쉬었다. 호된 꾸지람을 들을 줄 알았는데, 가까이 다가온 공장장의 표정은 큰 목소리와 달랐다.

"저…… 정말 신기해요. 거친 소와 돼지가죽이 이렇게 부드러워지다니, 어떻게 한 것인지 궁금해요."

공장장은 순동이를 바라보며 잠시 침묵했다. 할 말을 고르는 듯 잠깐 머리를 긁적이다가 순동이보고 옆에 앉으라며 의자를 밀어주었다.

"지금까지 많은 애들이 공장에서 일했지만, 가죽에 대해 질문한 사람은 네가 처음이구나. 구두쟁이가 가죽을 모르고서는 좋은 구두를 만들기 어렵지, 암만! 네 그 호기심이 이뻐서 특별히 말해주는 거니까 잘 들어라."

공장장은 목소리를 낮추며 마치 비밀을 들려주듯 속삭였다.

그러니까 초원에서 뛰어놀던 소가 어떻게 부드러운 가죽 원단이 되어 우리 공장까지 들어왔느냐 하면, 수십 단계의 공정을 거쳤기 때문이란다.

"공정이요?"

"그래, 공정이란 구두가 완성되기까지의 과정을 말한다. 그러니까 도축장에서 분리된 동물의 살과 뼈는 정육점과 식육점으로 들어가 손님을 만나고, 가죽은 가공공장으로 옮겨진단다. 털과 살이 붙어 있는 상태라 가공 공장으로 운반할 때는 소금을 잔뜩 뿌려서 염장을 해가지. 소금기가 밴 가죽은 세탁기 비슷한 기계에 넣고, 한참을 돌려서 털도 빼고 염분도 빼서 깨끗하게 만든단다. 그런 다음에는 가죽을 바짝 말려서 각각의 염료로 염색을 하지. 염색이 끝나면 또 건조해서 무늬를 찍고 또 말리고 반복한단다. 모두 사람 손으로 하기 때문에 가죽공장에서 일하는 사람들은 보통 고생이 아니야. 하루도 버티지 못하고 도망치는 사람들이 많단다. 생가죽의 노린내를 맡으면 정신이 희미해지면서 어질어질하고, 화공약품 냄새를 오래 맡으면 속이 메스꺼워서 죽을 지경이란다."

순동이는 공장장의 빠른 설명에 숨이 가쁠 지경이었다. 하지만, 구두가 그렇게 많은 공정을 거쳐 만들어진다는 사실이 놀랍기만 했다.

"구둣가게 사장이 되려면 꼭 그 일을 배워야 하는 거예요?"

순동이는 언제 사장이 될지 까마득했다. 이제 겨우 가죽에 풀칠할 줄 알게 되었는데, 재단과 가위질, 원단 공부까지 해야 한다니, 사장되는 길이 만만치 않아 보였다.

공장장이 가죽을 만지며 말했다.

"순동아, 농사짓는 법을 알면 쌀밥이 훨씬 귀하고 맛있단다. 농사꾼이 어떻게 농사를 짓고 얼마나 힘이 드는지 알면 쌀을 함부로 대하지 못하는 거야. 가죽도 마찬가지란다. 가죽을 알아야 좋은 구두를 만들 수 있지. 가죽이 명품 구두가 되려면 동물을 희생시켜야 하고 수십 가지의 공정 과정이 필요하단다. 그런 과정도 모른 체 구두를 만들면, 죽임을 당한 동물에 대한 예의도 아니고 진정한 구두장이가 될 수 없다. 구두 만드는 기술은 쉽게 배울 수 있지만, 구두에 대해 아는 것은 쉬운 일이 아니야."

구두에 대한 공장장의 이야기는 길고도 어려웠다.

순동이는 공장장이 가죽에 대해 많은 것을 알고 있고 구두를 함부로 대하는 사람이 아니라는 걸 알 수 있었다. 순동이는 오랜만에 재밌는 공부를 한 것 같아 마음이 뿌듯했다. 공부가 이토록 재밌는 줄 처음 알았다. 공장장도 순동이가 자신의 이야기를 잘 들어주어 흐뭇한 듯 이야기를 멈추지 않았다.

　공장장은 선반 위 둘둘 말려 있던 가죽들을 내려 불빛 가까이 가져갔다.

　"이리 와서 자세히 보거라. 이것은 돼지가죽인데 통기성도 좋고 싸서 가장 많이 사용한단다. 이 양가죽은 일 년이 안 된 것으로 가죽 중 가장 부드럽고 질감이 좋단다. 이것은 소가죽인데 질기고 부드러워서 고급 구두를 만드는 데 쓰이고, 여기 말가죽은, 전체 다 쓰는 것이 아니라 엉덩이 가죽만 쓴단다. 그리고 이것은 악어가죽으로 무늬가 독특해서 명품 지갑이나 가방 같은 걸 만들면 그만이란다. 또 이것은 비단뱀 가죽인데 무늬랑 색깔이 예뻐서 구두도 만들고 손지갑 같은 작은 제품을 만든단다."

순동이는 공장장의 설명에 집중했다. 공장장이 가죽에 관해 설명하며 한 장씩 넘길 때마다 순동이도 손으로 만지며 느낌을 기억하려 애를 썼다.

손바닥에 닿는 가죽의 느낌은 저마다 달랐다. 어느 것은 거칠고 어느 것은 부드러웠다. 또 어느 것은 오톨도톨한 느낌이고 어느 것은 매끄러운 느낌이었다.

"이걸 다 알면 구두를 만들 수 있는 거죠?"

"그렇단다. 내가 알고 있는 한 구두회사 사장님은 구두만 보고도 그 사람이 어떤 사람인지 알아맞힌단다. 무슨 가죽으로 만든 구두이고 그 사람 발 크기는 얼마이고, 무슨 일을 하고, 성격은 어떤 사람인지 구두만 보고도 알아맞히니 구두 도사라고 할 수 있지."

"정말 그런 사람이 있어요?"

"그럼, 있지! 뉴욕제화 사장님이 바로 그런 사람이란다."

그분도 우리 공장에서 기술을 배웠단다.

"정말이에요! 정말 그 사장님도 여기서 기술을 배웠어요?"

순동이에게 국밥을 사주고 공장에 취직 시켜준 뉴욕제화 사장님이 이곳에서 기술을 배웠다니, 순동이는 그저 놀랍기만 했다. 공장장의 이야기가 마치 먼 훗날 자신의 이야기가 될 것만 같아 공연히 설렜다. 자신도 열심히 하면 뉴욕제화 사장님처럼 될 수 있다니, 불가능한 일이 아니었다.

"공장장님, 저 열심히 배우고 싶어요."

공장장은 빙긋이 웃으며 순동이 머리를 쓰다듬고는 밖으로 나갔다.

혼쭐이 날 줄 알았던 순동이는 가죽에 관해 설명까지 해준 공장장이 더없이 고마웠다.

사장이 되는 꿈은 전적으로 가죽한테 달린 것 같았다. 가죽을 제대로 알아야 좋은 구두를 만들 수 있고 좋은 구두를 만들 줄 알아야 사장이 될 수 있었다.

순동이는 공장장이 일러준 대로 다시 가죽들을 살펴보기 시작했다. 두 손바닥 사이에 가죽을 끼워 넣고 무슨 가죽인지 어떤 느낌인지 오래오래 만져보았다.

  순동이는 밤새 가죽을 만지다 공장에서 잠이 들고 말았다.

  이튿날 새벽 가장 먼저 출근한 명훈이가 깜짝 놀라 순동이를 흔들었다.

  "순동아, 밤새 공장에 있었던 거야?"

  가죽을 끌어안은 채 잠이 들었던 순동이는 그제야 정신을 차렸다.

  "너 공장장님 아시면 어쩌려구! 얼른 제자리에 가져다 놔."

  명훈이가 가죽 더미를 바라보며 걱정했다.

  "공장장님한테 고자질이나 하지마."

  순동이는 자신을 걱정 해주는 명훈이가 고마워 엉뚱한 소릴 했다.

  "알았어, 나 의리 있는 사내야."

  뒤이어 기태와 동주도 공장으로 들어섰다. 순동이와 명훈의 심상치 않은 분위기를 느낀 기태가 달려와 두 사람을 끌어안으며 물었다.

"둘이 비밀 얘기했지? 얼른 불어!"

동주까지 달려들어 비밀을 털어놓으라고 닦달했다. 순동이와 명훈은 서로를 바라보며 진짜 비밀이 있는 척 눈을 찡긋거렸다. 한참을 그렇게 말장난을 치던 네 사람은 공장장이 나타나자, 제자리로 돌아갔다. 공장장은 아무것도 모르는 척 순동이를 한번 쳐다볼 뿐이었다.

순동이는 엊저녁 이후 가슴속에 큰 보름달을 품은 것만 같았다. 언제가 될지는 모르지만, 자신이 진짜 구두 도사가 되는 날 가슴 속 큰 보름달이 툭 튀어나와 세상을 환하게 밝혀줄 것만 같았다. 생각만으로도 기분 좋은 일이었다. 그래서 오늘은 풀칠하는 일이 즐겁기만 했다.

이상한 일이었다. 가죽 냄새를 맡아도 울렁증이 생기지 않았고 독한 풀냄새를 맡아도 머리가 지끈거리지 않았다. 명훈이와 기태 동주의 장난도 피곤하게 느껴지지 않았고, 성질 급한 재단사의 잔소리도 오늘은 기분 나쁘게 들리지 않았다.

국제제화 기능대회

 수습생을 마치고 어엿한 구두 기술자가 되었지만, 아직 배울 것이 많았다. 칼을 갈고 구두에 풀칠하고 깔창을 붙이고 재단하기까지, 순동이는 밤잠을 줄여가며 기술을 익혔다. 덕분에 다른 친구들보다 빨리 수습생 딱지를 뗄 수 있었다.

 그렇게 오 년 동안을 공장에서 먹고 자며 구두에 빠져 지내는 동안 순동이는 열여덟 살이 되었다. 턱수염이 삐죽삐죽 나고 키도 훌쩍 커 어른처럼 보였다.

 순동이는 오늘도 공장에 홀로 남아 있었다. 그런데 인기척이 들리더니, 누군가 공장 안으로 들어왔다. 순간, 순동이는 도둑이 아닐까 싶어 머리카락이 바짝 곤두섰다.

순동이는 옆에 있던 빗자루를 움켜쥐었다. 발자국 소리가 점점 순동이를 향해 다가오고 있었다. 순동이는 심장이 더욱 쿵쾅거렸다. 희미한 불빛 속에 남자의 모습이 보이기 시작했다. 순동이는 침을 꼴깍 삼키며 두 팔을 높이 쳐들었다.

"어이쿠 이놈아! 그러다 사람 잡겠다."

남자가 팔로 빗자루를 막아내며 껄껄 웃었다.

순동이는 그제야 멋쩍게 빗자루를 내려놓았다. 불빛 속에서 웃고 있는 사람은 뜻밖에도 뉴욕제화 사장님이었다.

"듣자 하니, 네가 일을 잘한다고 하더구나."

사장님이 다가와 순동이에게 손을 내밀었다. 순동이는 아버지를 만난 듯 반가웠다. 자신을 구해준 고마운 사람이었다. 사장님도 순동이가 반가운 듯 잡은 손을 놓지 않았다.

"근데 여기는 어떻게 오셨어요? 공장장님은 일이 있어 일찍 퇴근하셨어요."

"근처에 왔다가 그냥 한번 들러봤다."

순동이는 사장님께 미안했다. 배고플 때 밥도 사주고 공장에 취직까지 시켜줬는데 고맙다는 인사 한번 제대로 못 했다.

공장일이 바쁘기도 했지만, 무엇보다 대진빌딩 근처는 가고 싶지 않았다. 구두닦이 시절의 좋지 않은 기억들도 있고, 그때의 아이들과 다시 마주치고 싶지도 않았다. 그래서 나중에 꼭 찾아뵈려 했는데, 사장님이 먼저 공장으로 찾아온 것이었다. 순동이는 더 미안했다.

"사장님 덕분에 일 잘 배우고 있어요."

"그래, 공장장한테 네 소식은 가끔 들었다. 손도 빠르고 일에 대한 이해력도 높다고 하더구나. 잘할 줄 알았다……. 차근차근 배우다 보면 분명 좋은 일이 생길 거다."

사장님은 천천히 공장 안을 둘러보았다. 마치 자신의 공장인 양 바닥에 떨어진 가죽 쪼가리도 집어서 올려놓고, 흐트러져 있는 실과 가위도 제 자리에 반듯하게 놓았다.

순동이도 사장님을 뒤 따라다니며 공장 안의 물건들을 살폈다. 숫돌의 위치까지 반듯하게 챙겨놓은 사장님은 순동이게 다가와 한 장의 종이를 내밀었다.

"대회에 한 번 나가 보거라. 시간이 짧긴 하지만 지금부터 열심히 하면 불가능한 일은 아니란다."

순동이는 사장님이 건네준 종이를 자세히 들여다보았다. '국제제화기능대회' 참가신청서였다. 순동이더러 이름조차 낯선 기능대회에 나가란 말이었다.

"사장님 저는 아직 수습생인데 어떻게 대회에 나가요?"

순동이가 난처한 표정으로 더듬거리며 묻자, 사장님이 빙긋이 웃으며 말했다.

"지금부터 하면 되지? 공장장이 그러는데 너 가죽에 대해선 박사라며? 꼭 예전의 내 모습 같구나. 나도 한때는 서울역에서 구두를 닦았단다. 그러다 운 좋게 여기 공장장을 만나서 기술을 배우게 됐지. 기술만 있으면 밥 굶을 일 없고, 나처럼 회사를 차려서 사장이 될 수도 있단다. 물론 그만큼 남들보다 더 열심히 해야만 가능한 일이지."

"정말이세요! 사장님도 딱새를 하셨어요?"

순동이는 좀처럼 믿기지 않았다. 뉴욕제화 같은 큰 회사 사장님이 한 때는 구두닦이를 했고 순동이처럼 공장에서 구두 만드는 기술을 배웠다니, 놀랍고도 대단하게 느껴졌다.

"그래, 나도 그 시절엔 대장한테 매일 얻어터지며 구두를 닦던 딱새였단다."

"저도 사장님처럼 될 수 있을까요?"

"넌 벌써 가죽에 대해 박사 소릴 듣잖니. 이제부터는 네가 잘 아는 가죽으로 어떤 구두를 만들지 연구하면 충분히 성공할 수 있을 거다."

사장님이 공장을 나간 뒤에도 순동이는 한동안 기쁨을 감추지 못했다. 당장 달라진 것은 아무것도 없지만, 묵직한 것이 가슴을 꽉 채운 듯했다. 빈속인데도 배가 부른 듯 든든했다. 순동이는 사장님이 건네준 '국제제화 기능대회' 참가신청서를 찬찬히 훑어보았다. 순동이는 대회에 꼭 참가해서 우승하고 싶었다.

죽은 할머니도 은혜를 모르면 소나 돼지하고 다를 것이 없다고 했다. 순동이는 할머니의 그 말뜻이 대회에 나가 꼭 우승해 사장님께 은혜 갚으라는 소리로 들렸다.

할머니와 사장님의 바람을 생각하면 순동이는 하루가 부족할 지경이었다. 낮에는 전과 다름없이 가죽에 풀칠했고, 공장 식구들이 모두 퇴근한 저녁에는 공장장과 둘이 남아 기능대회에 필요한 기술들을 연마했다.

공장장은 동물 가죽이 구두를 만드는 원단이 되기까지, 염장과 세척, 탈모, 건조, 염색, 건조, 무늬찍기 과정을 세세하게 설명해 주었다. 순동이의 이해가 부족하면 염색 공장과 탈모 공장까지 데려가 직접 눈으로 확인시켜 주었다. 도축장에서 가져온 가축 원피를 염장하는 모습을 처음으로 보던 날, 순동이는 놀라서 코를 틀어막았다. 가죽의 누린내가 어찌나 심하던지 당장 쓰러질 것만 같았다.

염색 공장 역시 독한 냄새를 풍기는 뜨거운 수증기 때문에 오래 지켜볼 수가 없었다.

그 엄청나고 힘든 과정을 거쳐야만 비로소 부드럽고 질긴 가죽 원단이 된다는 사실을 알고 나니, 구두가 달리 보였다.

기능대회에 나가기 하루 전날 공장장이 순동이를 불렀다.

"사장님이 너에 대한 기대가 크더라. 지금까지 열심히 했으니까, 배운 대로만 해라."

순동이는 시커멓게 거칠어진 손바닥을 만지작거리며 말했다.

"최선을 다할게요. 공장장님도 고생 많으셨어요."

"구두에도 생명이 있단다. 살아있는 생명을 잡아 얻은 가죽으로 만든 것이니 함부로 취급하면 안 된다. 네가 만든 구두가 누군가에게는 희망을 주고, 또 누군가에게는 기쁨이 될 수 있도록 좋은 마음으로 만들어라."

늙은 공장장의 품속에서 가죽냄새와 독한 풀냄새가 났다. 순동이는 그 익숙하면서도 성겨운 냄새를 쏙 들이안았다. 공장에서 보낸 시간이 주마등처럼 스쳐가며 눈물 한 방울이 뚝 떨어졌다. 냄새나는 공장장 품이 너무 따뜻하고 구질구질한 공장이 너무 정겨워서 눈물이 났다.

문득 좀처럼 떠오르지 않던 고향 삼송리가 까닭 없이 그리워졌다. 다시는 돌아가지 않으리라 결심했던 고향이 그리워지며 어디선가 장항선 기차 소리가 들려오는 것만 같았다.

순동의 흐느낌을 느낀 공장장이 그를 품에서 떼어내며 말했다.

"사내자식이…… 너는 이제 어른이야. 고생하며 살았다는 티 내지 말아라. 자기 연민에 빠지면 세상에 지는 거다. 세상에 아프지 않고 힘들지 않은 사람은 없단다. 그걸 어떻게 견디고 극복하느냐에 따라서 인생이 달라지는 거야. 나는 인생의 반을 감방에서 살았고 반은 여기 공장에서 구두를 만들며 살았다. 허리는 굽고 손은 이렇게 거칠어졌지만, 구두를 만들 때가 가장 행복하단다."

공장장이 두 손을 순동이 앞에 내밀었다. 공장장의 손톱은 시커멓게 멍이 들었거나 빠져버렸고, 굳은살이 박여 지문조차 닳아 없었다.

순동이는 순간 눈물을 보인 것이 부끄러웠다. 자신의 손과는 비교할 수 없을 정도로 거친 손을 하고도 구두 짓는 일이 행복하다고 말하는 공장장이 새삼 존경스러웠다. 순동이가 쑥스러워 고개를 들지 못하자, 공장장이 두 손을 치켜들며 노래를 불렀다.

"반짝반짝 작은 별 아름답게 보이네……."

공장장이 장난스럽게 노래를 흥얼대자, 순동이는 피식 웃음이 터졌다. 기술을 가르쳐 줄 때는 무섭고 엄해서 긴장을 놓을 수가 없는데, 장난치는 모습을 보니 친근했다.

저렇게 착한 공장장이 죄를 지어 감방에 다녀왔다는 사실이 믿기지 않았지만, 그러한 시련을 겪고도 아무렇지도 않은 듯 밝게 살아가는 공장장을 보니 대단해 보였다.

순동이는 공장장의 구부정한 뒷모습을 보며 밝음과 어둠의 차이가 마음의 빛이라는 걸 깨달았다. 마음이 밝으면 세상도 환하게 보이고 마음이 어두우면 세상도 캄캄하게 보인다는 사실을 공장장의 뒷모습에서 읽을 수 있었다.

칠성제화점의 비밀

서울역에서 구두를 닦던 소년 순동이는 구두 공장에 들어가 누구보다 빠르게 기술을 익혔다. 그리고 국제제화기능대회에 나가 최연소의 나이로 금메달을 땄다.

사람들은 믿지 못했다. 어떻게 그 짧은 시간에 해낼 수 있느냐며 놀라워했다. 그러나 특별한 재주가 있었던 게 아니었다. 구두에 대한 열정으로 밤낮을 가리지 않고 기술을 익혔다. 수십 번씩 되풀이해서 배우고 연습하고, 부족한 부분은 완벽할 때까지 반복을 거듭했다. 그것이 순동이가 금메달을 딸 수 있었던 이유였다.

순동이가 만든 구두는 어느새 비싼 값에 팔리게 되었다. 예약하지 않으면 손에 넣기 어려울 정도가 되었다. 그는 소원대로 회사를 차려 사장이 되었고, 세월이 흐른 지금은 누구나 아는 제화 회사의 회장이 되어 있었다.

그러나 김 회장은 전보다 행복하지 않았다. 원하던 구두회사 회장이 되었지만, 마음 한구석은 늘 비어 있었다. 그런데, 외삼촌의 편지를 받게 된 것이다.

외삼촌의 편지를 읽은 김 회장은 그토록 잊고자 했던 고향에 대한 그리움을 참을 수가 없었다. 잊었다고 생각한 엄마의 모습이 생생하게 그려지면서 당장 고향으로 달려가고 싶었다. 김 회장은 편지를 고이 접어 양복 안주머니 속에 넣고는 서둘러 사무실을 나왔다.

"회장님 어디로?"

갑작스러운 스케줄에 박 기사가 당황해서 물었다.

"내고향 신례원 산송리로 가세."

"무슨 일로……."

김 회장의 들뜬 목소리가 이상한 듯 박 기사가 조심스레 다시 물었다.

"신례원이 내 고향이라네."

김 회장은 지그시 눈을 감았다. 박 기사는 더 이상 묻지 않았다. 회장님의 고향이야기는 처음이라 궁금했지만, 왠지 더는 물을 수가 없었다. 박 기사는 룸미러를 통해 뒷자리에 앉은 김 회장을 살폈다. 그는 두 눈을 꼭 감고 있다가 뭔가 생각이 나는 듯 자주 차창 밖을 응시했다.

자동차는 가을 햇살이 쏟아지는 고속도로와 국도를 달려 신례원에 도착했다. 60년 만이었다. 그날 밤 미숙이네 집에서 뛰쳐나와 장항선을 타고 서울에 온 뒤로 한 번도 고향을 찾지 않았다. 김 회장은 옛 기억을 찾으려 여기저기 두리번거리기 시작했다.

그러나 엄마와 함께했던 풍경은 쉽게 찾을 수가 없었다. 희미하게 떠오르는 장터의 모습은 보이지 않고 높고 깨끗한 건물들뿐이었다. 입구부터 설렁탕 끓는 냄새와 생선비린내가 훅하고 달려들었던 시상에는 말쑥한 상점들이 들어서 있었고, 옷가게와 신발가게, 과일가게 모두 유리 상점 안에 있었다. 엄마와 함께 먹었던 짜장면집도 보이지 않았고, 어렴풋이 기억나는 골목 안 외삼촌의 옷 가게도 사라지고 없었다. 모든 것이 변해버려 예전의 장터 모습은 찾을 수가 없었다.

아쉬움 가득한 눈길로 차에서 내린 김 회장은 힘없이 골목을 걸었다. 오래전 기억을 더듬으며, 골목을 한번 걸어 보고 돌아갈 생각이었다.

세월이 흘러 옛 풍경은 거의 사라졌지만, 골목은 낯설지 않았다. 요란했던 장터 한켠의 한적했던 골목은 세련된 건물들로 가득했고, 군데군데 오래된 양장점과 빵집, 구둣방, 한복집 다방 같은 가게들이 남아 있어 옛 기억을 불러일으켰다.

김 회장은 희미하게나마 오래전 기억이 떠올라 감회가 새로웠다. 일곱 살 아이의 눈에 비친 골목 풍경은 그야말로 새로운 세상이었는데, 지금은 전혀 다른 모습이었다. 시간이 멈춘 듯 남아 있는 몇몇 가게들은 낡고 부서질 듯 위태로워 보였다. 방직공장 여자들의 유행을 이끌던 골목의 영화는 이제 먼지 쌓인 유물처럼 고요히 멈춰 있었다.

좁은 골목 끝 삼거리에 다다른 김 회장은 잠깐 망설였다. 세 길 중 어느 길을 선택해야 할지 결정해야 했다. 그는 기억을 더듬어 오른쪽 골목길로 방향을 바꾸었다. 그러고는 골목 끄트머리에 있는 한 가게 앞에서 걸음을 멈추었다. 누렇게 빛바랜 커튼이 가리고 있었지만, 가게 안에 걸린 나무 간판 글씨는 정확하게 보였다.

'칠성제화점'

김 회장은 믿을 수 없다는 듯 간판을 뚫어져라 올려다보았다.

"이 가게가 아직도 남아 있다니!"

오래전 엄마와 함께 왔던 구둣방이 분명했다.

김 회장은 가슴 한구석이 먹먹해졌다. 빨간 뾰족구두 앞에서 멈춰 서 있던 예전 엄마 모습도 선명하게 떠올랐다. 어른이 되어 돈을 벌면 그 빨간 구두를 사 엄마에게 선물할 것이라고 결심했던 기억도 났다.

김 회장은 기억이 확실해졌다. 그는 가게 안을 들여다보기 위해 유리창 가까이 다가갔다. 낡은 진열장 위에 작은 구두 한 켤레가 놓여 있었다. 어린 남자아이가 신으면 딱 맞을 밤색 구두, 어린시절 그가 보았던 구두였다. 김 회장은 무엇에 홀린 듯 문을 열고 가게 안으로 들어갔다.

기척을 느낀 노인이 가게에 달린 방문을 열고 나왔다. 노인을 본 김 회장이 물었다.

"영감님, 여기가 예전부터 있었던 그 칠성제화점 맞나요?"

노인이 의아한 표정으로 말했다.

"맞는데? 지금은 장사 안 해요."

"그럼, 저 구두는 뭐예요?"

"아! 저거요? 찾아갈 사람이 있어요."

진열장에 달랑 한 켤레밖에 없는 것도 이상했지만, 구두 주인이 있다니 더 궁금했다. 김 회장은 느릿느릿 대답하는 노인이 답답했다.

"누군데요?"

노인은 김 회장의 다그치는 듯한 말투가 맘에 들지 않는 듯 퉁명스럽게 대답했다.

"알 거 없어요!"

"영감님 말씀해주세요. 제가 짐작 가는 일이 있어서 그래요."

그가 간곡한 태도로 다시 묻자, 구부정하게 서 있던 노인이 바닥으로 내려앉으며 말했다.

"60년도 넘은 얘기요…… 양심 때문에 차마 저 구두를 버리지 못하고 그냥 두긴 했는데, 가게가 팔려서 이제 주인 찾기는 틀린 것 같소. 그때가 언제더라…… 어떤 애기 엄마가 우리 가게에 와서는 돈을 주며 저 구두는 팔지 말라고 하더군요. 자기 아들이 꼭 저 구두를 찾으러 올 거니까 절대로 팔면 안 된다고. 처음에는 무슨 소린가 싶어서 안 된다고 했는데, 그 애기 엄마 사정을 들으니 너무 딱해서 그러겠다고 했소. 그때는 이 구두가 꽤 고급이고 비쌌소. 그 애기 엄마가 구둣값을 많이 줘서 다른 사람한테 팔 수도 없었소."

"혹시 그 애기 엄마 이름 아세요?"

"그건 모르오. 무조건 팔지 말라면서 순동이가 오면 주라고만 했소."

"……!"

"뭐라구요! 순동이요?"

그제야 김 회장은 할머니가 했던 이야기가 떠올랐다. 엄마가 떠난 뒤 할머니는 읍내 구둣방에 가서 엄마가 사놓은 구두를 찾아오라고 했다. 그러나 순동이는 엄마에 대한 원망으로 할머니 얘기를 귓등으로만 듣고 잊어버렸다.

"여기 구두 밑창에 순동이라고 써 놨잖소."

노인이 구두를 가져와 김 회장 앞에 내밀었다. 그는 떨리는 손으로 구두를 받아 밑창을 살펴보았다. 밑창에 붙어 있는 종잇조각에 분명 '김순동'이라는 글씨가 또렷했다.

자신의 이름을 확인한 김 회장은 구두를 품에 안으며 노인에게 말했다.

"제가 김순동입니다……."

노인이 놀라서 벌떡 일어섰다.

"세상에, 정말로 왔구려! 설마 했는데 어떻게 이런 일이……! 애기 엄마가 이제야 소원 풀었겠구려. 나도 영 찝찝했는데 구두 주인이 나타나서 참 다행이오."

김 회장은 흐느끼며 엄마를 불렀다.

"엄마……!"

그때 엄마의 마음을 빼앗은 구두는 빨간 뾰족구두가 아니라 순동이한테 사주고 싶었던 작은 밤색 구두였다. 김 회장은 이제야 엄마가 왜 구둣방 창문에 그토록 오래 매달려 있었는지 깨달았다.

 그는 몇 번이나 노인에게 고마움을 표시한 뒤 엄마가 사준 구두를 가슴에 꼭 안고 칠성제화점을 나왔다. 엄마가 나를 위해 구두를 사놓았다니 꿈만 같았다. 엄마는 죽기 전까지 순동이를 찾았다고 했다. 그는 그 사실이 너무 슬프고도 기뻤다. 진즉에 그 사실을 알았더라면 엄마에 대한 원망이 그리 크지 않았을 텐데, 김 회장은 흐르는 눈물을 주체할 수가 없었다.

읍내를 빠져나온 김 회장은 곧바로 고향집으로 향했다. 일곱 살 무렵 엄마와 손잡고 걸었던 긴 제방 둑은 옛 모습 그대로였다. 느티나무만 하늘을 찌를 듯 자랐고 길가 코스모스와 풀숲도 예전하고 같았다.

엄마 등에 업혀 건넜던 시냇물도 여전히 졸졸 흘렀다. 그는 엄마와 함께했던 순간들을 하나하나 떠올리며 걸었다. 일곱 살 적 순동이가 살았던 삼송리였다.

그러나, 순동이가 엄마와 할머니와 함께 살던 집은 사라지고 없었다. 집이 있던 자리에는 큰 창고가 들어서 있었다. 창고 마당에는 짐을 실은 여러 대의 지게차만 보였다. 그가 창고 마당으로 들어서자 지게차 운전자가 물었다.

"무슨 일로 왔어요?"

"창고가 언제 들어섰나요?"

엉뚱한 대답을 하는 낯선 남자가 못마땅한 듯 낡은 지게차 운전자가 얼굴을 찌푸리며 다시 물었다.

"아니, 무슨 일로 왔냐구요?"

"네…… 일이 있어 온 것은 아니구요. 전에 여기서 살았던 사람입니다."

"여기 살았었다구?"

남자가 지게차 위에서 뛰어내리더니 김 회장에게 다가왔다. 그리고는 위아래로 김 회장을 훑어보더니, 기억나는 게 있는지 얼굴 표정이 확 바뀌었다.

"그래! 우리 미숙이 동창인 그 순동이 아니냐?"

"아니, 저를 어떻게?"

"야, 나야! 미숙이 오빠 종국이 몰라?"

김 회장은 그제야 남자의 얼굴이 낯설게 보이지 않았다.

미숙이한테는 두 살 많은 오빠가 있었다. 할머니가 돌아가신 뒤 그는 잠시 동안 미숙이네 집에서 살았다. 그때 미숙이 오빠가 하도 괴롭혀서 툭하면 울었던 기억이 났다. 미숙이 오빠는 그가 밥을 못 먹게 밥사발을 감추었는가 하면, 어느 날은 신발을 숨겨놓아 맨발로 학교에 간 적도 있었다. 순동이를 항상 작은 머슴이라 놀렸고 숙제도 대신하라고 겁을 주었다.

김 회장은 기분이 좋지 않았다. 오래된 일이긴 하지만 그에게 미숙이네 식구들은 여전히 나쁜 기억이었다.

"순동이 맞아요. 근데 우리 집은 어떻게 된 거죠?"

미숙이 오빠가 반가운 척 악수를 청했지만, 김 회장은 그의 손을 잡지 않았다.

"어…… 네 할머니가 우리 아버지한테 이 땅을 팔았대. 여기 우리 땅 맞아."

"언제요?"

그가 따지듯 물었다.

"그걸 내가 어떻게 아냐. 근데, 너 지금 어디서 사냐?"

미숙이 오빠는 여전히 불량스러웠다. 하지만 그는 겁에 질려 살던 예전의 순동이가 아니었다.

"서울에 삽니다."

김 회장은 비교적 공손하게 대꾸했다.

"동네 사람들은 니가 죽은 줄 아는데……."

미숙이 오빠는 연신 실실거리며 말했다. 김 회장은 도통 어떻게 된 일인지 알지 못했다. 할머니가 정말 집하고 땅을 미숙이 아버지한테 판 것인지 아니면 순동이가 삼송리를 떠난 뒤 다른 일이 있었는지 알 수 없었다.

김 회장은 너무 늦게 고향에 온 것을 후회했다. 엄마와 할머니, 셋이 오손도손 살던 집이 사라졌는데, 여태 모르고 살았다니, 미숙이 오빠 종국이가 사실대로 말해줄 리도 없었다.

"죽지 않고 살아왔으니까, 우리 집이 왜 그리된 것인지 알아봐야겠군요."

그가 목소리에 힘을 주어 말했다.

"너 많이 컸다! 옛날 그 작은 머슴이 아닌데……."

미숙이 오빠가 비아냥거리며 김 회장 주위를 한 바퀴 돌았다. 김 회장은 가만히 서서 그가 하는 양을 지켜보았다. 여전히 불량한 모습으로 살아가고 있는 미숙이 오빠와 싸움하고 싶지는 않았다. 그때, 저만치에서 두 사람을 지켜보고 있던 박 기사가 달려왔다.

"회장님, 무슨 일이세요?"

박 기사의 회장님 소리에 미숙이 오빠가 살짝 당황했다. 그러나 이내 가소롭다는 표정으로 말했다.

"니가 회장이야? 무슨 회장인데?"

"이 사람이, 말 함부로 하지 마세요! 이분은 '서울제화' 회장님이세요."

박 기사가 눈을 부릅뜨며 말하자, 미숙이 오빠가 잘근잘근 씹고 있던 이쑤시개를 뱉어내며 김 회장을 빤히 쳐다보았다.

"어디 명함 줘봐?"

박 기사가 명함을 꺼내 미숙이 오빠에게 건넸다. 미숙이 오빠는 명함을 확인하고도 믿을 수 없다는 듯 그가 타고 온 자동차와 옷차림을 훑어보았다.

김 회장은 더 이상 미숙이 오빠와 대면하고 싶지 않았다. 그에게 회장이란 사실을 인정받아야 할 이유가 없었다.

김 회장은 그만 돌아가자고 박 기사에게 손짓했다. 박 기사는 미숙이 오빠가 조금만 더 김 회장을 모욕하면 주먹을 날릴 태도였다. 김 회장은 박 기사가 가장 존경하는 사람이었다. 박 기사뿐만 아니라 많은 사람이 김 회장의 따뜻하고 겸손한 마음을 좋아했다. 그런 김 회장을 비웃고 모욕하는 것은 참을 수 없었다.

 박 기사는 미숙이 오빠를 향해 눈을 크게 치켜뜨고는 자동차로 돌아왔다. 미숙이 오빠는 여전히 김 회장이 의심스러운 듯 지게차에 오르며 투덜거렸다.

 "작은 머슴이 회장이라고? 웃기고 있네!"

 김 회장은 피로감을 느꼈다.

 읍내를 빠져나와 집으로 올 때만 해도 발걸음이 둥둥 떴는데, 집이 사라진 걸 보고 나니 가슴이 텅 빈 것만 같았다. 엄마와 할머니의 흔적을 만나보려 했는데, 집 근처 어디에도 예전의 모습은 보이지 않았다.

 김 회장은 어딘가에 있을지도 모르는 엄마와 할머니의 흔적을 찾고 싶었다.

잠시 의자에 기대 있던 김 회장은 어느 순간 눈을 번쩍 떴다. 바로 거기였다. 김 회장은 다시 자동차 문을 열고 밖으로 나왔다.

"회장님 어디 가세요?"

그는 무작정 근처에 있는 산으로 향했다. 그의 이해할 수 없는 행동에 박 기사도 뒤따라 산에 오르기 시작했다. 얼마쯤 올라갔을까, 그가 걸음을 멈추고 숨을 골랐다.

"회장님, 여기는 왜……?"

박 기사의 궁금증에 김 회장은 비로소 환희에 찬 목소리로 말했다.

"저기 보게! 내가 어릴 적에 놀던 동굴일세."

두 사람이 서 있는 지점에서 대여섯 발짝 앞이었다. 소나무가 바위를 살짝 가리고 있는 곳에 조그만 구멍 하나가 보였다.

"회장님 저건 동굴이 아니라 그냥 구멍 같은데요?"

"아니야 저건 분명 동굴일세."

김 회장은 앞장서 동굴 입구까지 올라갔다.

"이것 보게, 동굴이 맞잖아."

수북이 쌓인 떡갈나무 잎들을 치우자 진짜 동굴이 나타났다. 입구는 작지만, 안쪽은 어른 두 명 정도는 충분히 누울 수 있을 만했다.

"진짜 동굴이 맞네요!"

박 기사가 신기한 듯 동굴 안을 들여다보았다.

"이런 곳에 어떻게 동굴이 있대요?"

"육이오 때 내 아버지가 숨어 지내던 곳이라네. 결국은 잡혀갔지만……."

"그런 일이…… 근데, 여긴 왜?"

박 기사가 다시 물었지만, 그는 말없이 동굴 안으로 들어갔다. 동굴은 전보다 훨씬 좁아진 느낌이었다. 머리만 살짝 수그리면 들어갈 수 있었던 동굴이 납작 엎드려야만 들어갈 수 있을 정도로 좁아져 있었다.

아무도 드나들지 않은 듯 사람의 흔적도 보이지 않았다. 동굴 바닥에는 밖에서 들이친 낙엽들만 수북했다. 그는 축축한 이끼와 낙엽 냄새를 맡았다. 동굴 속에서 아버지와 어릴 적 자신의 냄새가 나는 것 같았다.

그는 동굴 속 바위들을 하나씩 더듬어보았다. 분명 바위틈 어딘가에 찔러 넣었던 기억이 있는데 쉽게 찾아지지 않았다.

동굴 밖에서 그의 행동을 지켜보던 박 기사가 걱정스레 물었다.

"회장님, 거기서 뭐 하십니까?"

바위틈을 더듬던 그가 잠시 손을 멈추고 말했다.

"여기 어딘가에 보물을 숨겨 놓았는데 찾을 수가 없네."

"보물이요?"

박 기사가 놀라 동굴 안으로 들어올 양 몸을 바짝 구부렸다.

"자네는 거기서 기다리게."

그가 손사래를 치며 박 기사를 막았다.

"회장님도 참, 제가 먼저 보물을 찾을까 봐 그러세요?"

그의 행동이 재밌는 듯 박 기사가 우스갯소리를 했다.

"자네가 내 보물을 먼저 찾아서 도망가면 큰일 아닌가."

"네! 무슨 보물인데요?"

박 기사는 동굴 속에 무슨 보물이 숨겨져 있을지 궁금했다. 김 회장이 들어오지 못하게 막으면서 찾는 보물이라면 필시 엄청난 것일 수 있었다.

김 회장은 다시 한번 기억을 떠올리며 동굴 속 바위틈을 더듬기 시작했다.

얼마 후, 박 기사가 초조해 두 손을 비비고 있을 때였다.

"찾았다! 여기 있었구나!"

박 기사가 몸을 수그리고 동굴 속으로 쑥 들어갔다.

"자네는 밖에 있으라니까, 왜 들어와."

김 회장은 동굴 속으로 들어온 박 기사에게 꼬깃꼬깃 접힌 종이를 보여주었다.

"이게 내 보물일세!"

김 회장이 큰 소리로 말했다.

"회장님도 참, 농담도 잘하셔……."

"이 사람아, 진짜 보물 맞네."

동굴 밖으로 나온 그는 여러 번 접힌 종이를 펼쳐 햇빛에 비춰 보았다. 연필로 그린 그림이 종이에 선명했다.

"회장님 이게 무슨 그림입니까?"

박 기사는 도무지 이해가 가지 않았다.

"이건, 내 엄마의 발본이라네. 여기 칠성제화점이라고 써놨잖나. 어릴 적에 엄마한테 예쁜 뾰족구두를 사주려고 본을 떠 놓았던 것인데 이제야 찾았으니…… 이런 불효자가 어딨나."

김 회장은 엄마의 발본이 그려진 종이쪽지를 바라보며 눈시울을 붉혔다. 지켜보던 박 기사는 비로소 이해한 듯 안타까운 눈길로 바라보았다.

"회장님한테 이런 슬픈 사연이 있을 줄 몰랐습니다. 이제라도 어머님의 발본을 찾았으니 예쁜 뾰족구두를 만들어드리면 되지요. 회장님은 세계 최고의 구두장이잖아요. 어서 서울로 돌아가 어머님 구두를 만드세요."

박 기사의 말에 김 회장의 얼굴이 환하게 바뀌었다.

"그래 맞아!"

김 회장은 마음이 차올랐다. 동굴 속에 발본을 감춰둔 것은 엄마를 생각하지 않기 위해서였다. 엄마를 잊기 위해서 동굴 속에 버리고 떠났던 것인데, 발본은 그를 잊지 않고 오랜 세월 기다리고 있었다. 아니, 김 회장도 발본도 서로를 그리워하며 만날 날을 기다리고 있었던 것인지도 몰랐다.

김 회장은 발본을 살펴보며 엄마의 발을 떠올렸다. 발가락 길이가 고만고만한 작은 발, 한 번도 새 신을 신어보지 못한 가난한 발이 엄마의 발이었다. 그는 낡은 고무신 한 켤레로 버티다 죽은 엄마에게 꼭 맞는 구두를 지어주고 싶었다.

그는 생각만으로도 가슴이 뛰었다.

"회장님, 그렇게 좋으세요?"

"그럼, 좋지! 엄마와 재회할 것이라고는 생각하지 못했네. 죽을 때까지 엄마를 미워하며 살 거라고 결심까지 했었으니, 내가 얼마나 어리석은 자식인가. 저 답답한 동굴 속에서 내가 오기를 얼마나 기다렸을까……!"

그는 어머니의 발본을 고이 접어 윗도리 안쪽 주머니에 깊이 넣었다.

그토록 오랜 세월 자신을 기다려준 엄마가 고맙고 미안해서 발길이 떨어지지 않았다. 하지만, 엄마의 발본을 가슴에 품으니 더는 외롭지도 슬프지도 않았다. 언제나 가슴 한쪽을 짓누르던 통증도 사라졌다.

김 회장은 박 기사를 재촉했다. 빨리 공장으로 가 엄마의 구두를 만들어야 했다. 세상에서 가장 예쁘고 튼튼한 구두를 만들어 엄마한테 선물할 생각이었다. 너무 커 벗겨지거나 너무 작아 아픈 그런 고무신이 아니라, 엄마 발에 딱 맞는 빨간 뾰족구두를 만들 것이었다.

김 회장은 빨간 뾰족구두를 신고 환하게 웃는 엄마를 떠올리며 일곱 살 그때처럼 큰 소리로 엄마를 불렀다.

"엄마! 이제야 엄마 마음을 알게 되었습니다. 너무 늦어 죄송합니다……."

작가의 말

　신고 있는 구두를 보면 그가 무슨 일을 하는지 그의 몸이 반듯한지 비뚤어졌는지 대충은 알 수 있다고 한다. 발 모양은 타고 나기도 하지만, 살아가는 동안 어떤 습관이나 질병 또는 직업군으로 변형되는 경우가 흔하다. 그리 생각하면, 발레리나의 발과 축구 선수의 발은 고통과 인내의 결정체로 화려한 영광에 가려진 일등 공신이라고 할 수 있다.

　나는 지금까지 예쁜 구두를 한 번도 신어 본 적이 없다. 큰 상처나 직업병이 있어 그런 것이 아니라 발 모양이 못생겨서 그렇다. 한창 멋부릴 나이에도 구두 대신 항상 운동화를 신었다.

　화장기 없는 얼굴에 바지와 셔츠, 운동화가 내 패션의 전부였다. 아주 가끔은 짧은 치마와 높은 뾰족구두를 신어 세련된 모습으로 변하고도 싶지만, 왜 그런지 어색하고 낯설어 매번 포기하게 된다.

　아직 늦지 않았다고 할 테지만, 멋보다는 익숙함과 편안함이 돌처럼 굳어진 나이라 쉽게 변할 것 같지는 않다. 안 어울리고 촌스럽다고 해도 내 개성이라고 우기면 그만이다.

　『칠성제화점』은 제조업이 막 성장하기 직전의 이야기다. 공장에서 규격화된 신발이 쏟아져나오기 전, 맞춤 구두는 비싸서 누구나 신기 어려웠다. 그래도 당시 젊은 여성들에게는 짧은 치마와 함께 유행하던 패션이라 제화점의 인기는 대단했다. 지금은 멋과 기능성을 갖춘 운동화를 선호하는 사람이 더 많아졌지만, 그때는 수제화와 기성화에 대한 인식의 차이가 있었다.

그래도 여전히 수제화를 고집하는 이들이 적지 않아 성수동 골목은 수제화의 성지처럼 알려져 있다. 그곳에는 인공지능이 할 수 없는 장인들의 한 땀 기술이 여전히 살아 있다. 자본과 욕망, 시대의 변화로 밀려난 것이 아니라 변할 수 없는 것들의 고유 영역으로 굳건히 자리 지키고 있다.

낡고 헤져 필요한 것이 아니라 유행을 따르기 위한 소비라면 한 번쯤은 그 물건들의 운명을 생각해 봐야 한다. 버려지고 버림받은 것들의 슬픔은 결국 나와 우리를 슬프게 하는 무엇으로 되돌아오기 마련이다. 가난했던 시절 언니와 오빠의 큰 신발을 물려받아 신고도 달리기를 잘했고, 두 치수나 큰 교복을 입고도 부끄럼 없이 학교에 다녔다. 유행을 막을 수는 없지만, 흘러간 것들에 대한 소중한 가치는 잊히지 않았으면 싶다.

한 켤레의 구두가 여러 공정을 거쳐 주인을 만나듯 이야기가 책이 되어 독자를 만나는데도 여러 사람의 수고가 필요하다. 도서출판 북산에 감사드린다.

2025년 가을, 이경희

칠성제화점

1판 1쇄 인쇄 2025년 10월 20일
1판 1쇄 발행 2025년 10월 27일

지은이 이경희

펴낸이 정용철 **편집인** 김보현 **디자인** ⓒ단팥빵
제작 제이킴 **마케팅** 김창현 **홍보** 김한나
인쇄 (주)금강인쇄

펴낸곳 도서출판 북산
등록 제2013-000122호
주소 06197 서울시 강남구 역삼로 67길 20, 201호
전화 02-2267-7695 **팩스** 02-558-7695
인스타그램 instagram.com/booksan_bs **이메일** glmachum@hanmail.net
블로그 blog.naver.com/e_booksan **페이스북** facebook.com/booksan25

ISBN 979-11-85769-77-6 03810

ⓒ 도서출판 북산, 2025

본 도서는 충청남도, 충남문화관광재단의 후원으로 발간되었습니다.
이 책은 저작권법에 따라 보호받는 저작물이므로 무단 전재와 복제를 금합니다.
이 책 내용의 전부 또는 일부를 이용하려면 반드시 저작권자와 북산의 동의를 받아야 합니다.
잘못된 책은 구입하신 곳에서 교환해 드립니다. 책값은 뒤표지에 있습니다.

도서출판 북산은 독자 분들의 소중한 원고 투고를 기다리고 있습니다.